SUSANNE HANIKA

Der Tod singt laut O Tannenbaum

Sofia und die Hirschgrund-Morde – Die Serie

Blaues Wasser, klare Luft, in der Ferne bei schönem Wetter die Alpen – das ist der Hirschgrund, ein idyllischer See mitten in Bayern. Nebenan der gleichnamige Campingplatz. Doch die Idylle trügt – denn diese Saison wird mörderisch.

Kaum ist die neue Besitzerin Sofia auf dem Platz angekommen, stolpert sie über den ersten Toten. Sofia ist entsetzt! Und dann neugierig. Bald schon entdeckt sie ihr Talent fürs Ermitteln und fängt an, in der bayerischen Idylle so einiges umzukrempeln …

Über die Autorin

Susanne Hanika, geboren 1969 in Regensburg, lebt noch heute mit ihrem Mann und ihren vier Kindern in ihrer Heimatstadt. Nach dem Studium der Biologie und Chemie promovierte sie in Verhaltensphysiologie und arbeitete als Wissenschaftlerin im Zoologischen Institut der Universität Regensburg. Die Autorin ist selbst begeisterte Camperin und hat bereits zahlreiche Regiokrimis veröffentlicht.

SUSANNE HANIKA

Der Tod singt laut O Tannenbaum

Ein Bayernkrimi

be THRILLED

beTHRILLED

Vollständige ePub-to-Print-Ausgabe des in der Bastei Lübbe AG erschienenen eBooks »Der Tod singt laut O Tannenbaum« von Susanne Hanika.

beTHRILLED in der Bastei Lübbe AG

Dieses Werk wurde vermittelt durch die agentur literatur Gudrun Hebel.

Textredaktion: Meike Frese
Lektorat/Projektmanagement: Rebecca Schaarschmidt
Covergestaltung: U1berlin/Dunja Berndorff unter Verwendung von Motiven © Standret/Shutterstock, © VikaSuh/Shutterstock, © ppart/Shutterstock, © prapann/Shutterstock, © maximmmmum/Shutterstock, © maximmmmum/Shutterstock, © Susan Fietze/Shutterstock, © Smileus/Shutterstock, © Alexey V Smirnov/Shutterstock, © Kasefoto/Shutterstock
Satz: 3w+p GmbH, Rimpar (www.3wplusp.de)
Gesetzt aus der Palatino
Druck: Books on Demand GmbH, Norderstedt
ISBN 978-3-7413-0273-2

be-ebooks.de
lesejury.de

FSC
www.fsc.org
MIX
Papier aus verantwortungsvollen Quellen
Paper from responsible sources
FSC® C105338

Kapitel 1

Meine Hände waren knallrot vor Kälte und die Finger so steif, dass ich nicht einmal mehr die Hundeleine von Milo aufbekam. Seit es kalt geworden war, hatte er nämlich keine Lust mehr auf Spaziergänge und versteckte sich lieber irgendwo in der Wohnung. Ohne Leine hätte ich ihn also niemals zu dem schönen Winterspaziergang um den See überreden können.

»Es ist ein Traum, hier im Winter!«, sagte ich zu Milo, als ich ihm im Freien die Leine wieder abnahm.

Auf der Brücke, die an der schmalsten Stelle über den See führte, blieb ich kurz stehen und blickte zurück auf meinen Campingplatz. Es fühlte sich so vertraut und heimelig an, noch vor dem Frühstück einen kleinen Spaziergang zu unternehmen – bei der aufgehenden Sonne, die den Schnee glitzern und funkeln ließ. Es hatte zwar nicht viel geschneit – Boden und Bäume waren nur überzuckert von einer hauchfeinen Schicht Weiß –, doch das genügte, um in mir ein Wintergefühl aufsteigen zu lassen. Ich musste ein wenig seufzen, weil ich hier ohne meinen Freund Jonas stand. Der war gestern früh mit Kopfschmerzen und Fieber aufgewacht und einfach im

Bett geblieben. Dabei hatten wir uns so einen schönen, gemütlichen Winterurlaub hier auf meinem Campingplatz vorgestellt! Da momentan nur fünf komplett unproblematische Wintercampinggäste vor Ort waren, hätten Jonas und ich tatsächlich richtig Urlaub gehabt. Nur wir beide, die zwei Hunde und der Schnee, der alle Wohnwägen zauberhaft überzuckerte. Dazu der stahlblaue Himmel und die Wintersonne. Nach den Spaziergängen mit den Hunden hatten wir Kuscheldecken-Tee-und-Kakao-Partys auf meinem Sofa geplant, mit Netflix-Dauerglotzen.

Aber langweilig würde mir auch jetzt nicht werden, denn meine quirlige Dauercamperin Evelyn hatte mir vorausschauend zu Weihnachten ein Krimidinner geschenkt. Schon seit Tagen beschäftigte sie sich mit nichts anderem mehr als der Planung dieses Events, ich war schon sehr gespannt auf heute Abend!

»Der See ist im Winter die wahre Pracht!«, schwärmte ich, während ich ein kleines Video vom Seeweg drehte und es Jonas schickte.

Jetzt, wo es eindeutig heimwärts ging, trottete Milo brav neben mir her, auch wenn seine Miene noch immer höchsten Verdruss ausstrahlte. Die Einzige, der momentan nicht kalt war und die das Wetter unglaublich genoss, war meine Maremannohündin Clärchen, die wie ein Irrwisch herumtanzte und in der Kälte richtig dampfte. Vor mir tauchte das alte Bootshaus von Nonna auf, das frisch renoviert nun »Fräulein Schmitts« hieß und wohl das süßeste Café aller Zeiten war. In meinen Augen jedenfalls. Anhand der Fußspuren auf der dünnen Schneeschicht konnte man sehen, dass im Café Betrieb sein musste, und ich wusste auch schon, wen ich dort antreffen würde. Denn von meinen Dauercampern war momentan nur der harte Kern der Hirschgrundis anwesend, die Schmidkunzens, die Hetzeneggers und der Gröning. Die Weicheier, die nur im Sommer bei schönstem Wetter kamen, hockten natürlich zu Hause in ihren stickigen Wohnzimmern, wie der Hetzenegger nicht müde wurde zu betonen. Die wurden auch ständig krank, weil man nur hier am See so richtig abgehärtet war gegen alle Grippeviren, die so im Umlauf waren!

Ich schoss mit meinem Handy noch schnell ein malerisches Bild von Clärchen, die gerade dekorativ vor der Tür von »Fräulein Schmitts« saß, die Tür anstarrte und darauf wartete, dass endlich jemand aufmachte.

Als ich die Tür aufdrückte, schlug mir ein angeregtes Stimmengewirr entgegen – schließlich gab es nach den Weihnachtsfeiertagen einiges zu erzählen! Keiner saß, die Männer trugen Tische, und die Frauen stapelten Stühle. Evelyn – in einen zum Minikleid umfunktionierten hautengen roten Flausch-Pullover mit einem Elch vorne drauf gehüllt – dekorierte gerade die Frühstücksschälchen. Um ihre Taille hatte sie die neue Schürze in Leopard-Optik gebunden, die ich ihr zu Weihnachten geschenkt hatte. Auch ihre flachen Boots waren im Leopard-Style.

An die schwarze Tafel hinter ihr hatte jemand mit Schönschrift in Kreide geschrieben, was es zum Frühstück gab. Nämlich: Frühstücksbowl, die Weihnachtsversion. Es sah aus, als würde Evelyn ein Puzzle machen, denn sie verteilte einzelne Heidelbeeren und Mandelsplitter handverlesen als Topping. Am Schluss kam noch ein Schwups Mohn und Zimt dazu. Weshalb alles so schön dekoriert wurde, war mir mittlerweile klar, denn was hier im Café passierte, hatte Instagramtauglich zu sein. Daher lief meist noch Evelyns Handykamera im Hintergrund.

Während sie aus dem Kühlschrank eine Mandelmilch

holte, schaltete sie ihre neue Boombox ein, und es ertönte ein Lied, das nach Zwanzigerjahre klang. Vroni sang sofort aus voller Kehle mit: »I wonder, I wonder, I wonder how I look when I'm asleep.« Die Vroni hatte eine ganz wunderbare Altstimme und kannte sogar den Text. Natürlich hatte ich schon beim Spazierengehen gute Laune gehabt, aber die schwungvolle Musik machte mich richtig aufgekratzt!

Während des Singens wies Vroni noch die Herren Schmidkunz und Hetzenegger – ihren Ehemann – an, wohin sie die Stühle und die Tische schieben sollten. Die Vorbereitungen für Evelyns großes Krimidinner liefen hier bereits auf Hochtouren.

Evelyns Krimidinner war vielleicht der falsche Begriff, denn das Krimidinner hatte ich von Evelyn zu Weihnachten geschenkt bekommen, insofern war es natürlich meines. Doch wie man sah, war es ein Geschenk nicht ganz ohne Hintergedanken gewesen, was mich aber nicht einmal störte. Der Schmidkunz wirkte noch immer nicht hundertprozentig überzeugt, auch wenn ihm seine Frau mehrfach erklärt hatte, dass es eigentlich nur ums Essen ging und das gemeinsame Lösen des fiktiven Mordfalls ganz nebenbei stattfand. Doch inzwischen hatte natürlich auch er begriffen, dass jeder Teilnehmer eine Rolle spielen musste und einen potenziellen Tatverdächtigen darstellte. Also hatte er zur Bedingung gemacht, dass er lediglich eine Nebenrolle bekam.

Ich nahm kurz die glitzernde Schachtel in die Hand, in der sich die Anleitung für das Krimidinner befand.

»Die mörderische Dinnerparty im Zwanzigerjahre-Stil – Der Fluch des Great Gatsby« stand in geschwungener goldener Schrift geschrieben. »Servieren Sie Ihren Gästen einen Mord zum Dinner!«

Eigentlich waren mir in den letzten Monaten schon

zu viele Morde auf dem Campingplatz serviert worden. Doch das etwas ungute Gefühl in der Magengegend vergaß ich sofort wieder, als ich zusah, wie die Schmidkunz Kartons mit allerlei Deko-Artikeln auspackte. Allesamt passend für eine Zwanzigerjahre Mottoparty. Die Schmidkunz hielt ein schwarzes Schild mit goldener Schrift hoch, auf dem »Welcome to the Party« stand, legte es neben einen Stapel mit goldenen Tellern und zog dann golden schimmernden Stoff hervor, mit dem Evelyn noch mehr Glanz in die Bude bringen wollte.

»Stopp!«

Evelyn erwischte Clärchen im letzten Moment an der Leine und verhinderte gerade noch, dass diese den Schirmständer umriss, der mit lauter riesigen, weißen Federn bestückt war.

»Gut, dass du kommst!«, stieß Vroni atemlos hervor, warf mir gleich eine ellenlange Perlenkette über und zupfte sie zurecht. »Die brauchst du unbedingt, rein für das Feeling. Und sobald wir da Platz geschaffen haben zum Tanzen, werde ich dir schon mal die Choreografie zeigen. Damit du siehst, wie weit wir sind …«

Ich warf Evelyn einen Hilfe suchenden Blick zu, den diese geflissentlich ignorierte. Natürlich hatte ich mitbekommen, dass Vroni sich die ganze Zeit auf YouTube Charleston-Choreografien ansah.

»Ich dachte, ich bin die Ehefrau des russischen …«

»Du musst zwei Rollen übernehmen«, unterbrach mich Vroni und holte die Anleitung noch einmal hervor. »Es schaut einfach viel toller aus, wenn es drei Showgirls gibt und nicht ich alleine tanze. Außerdem gibt es ja auch andere Leute mit mehreren Rollen.«

Die Schmidkunz zum Beispiel spielte anscheinend nicht nur die geldgierige Tochter des Mordopfers, sondern auch ein Showgirl. Ich zwirbelte die Perlenkette zwischen meinen Fingern. Schon zu Schulzeiten hatte ich mir bei der Rhythmischen Sportgymnastik keine Choreografien merken können.

»Also, mit Tanzen hab ich es nicht so. Kann das nicht dein Mann machen?«

Ich grinste. Der Hetzenegger grinste ebenfalls und wackelte mit dem Hintern, was wahrscheinlich ähnlich sexy aussah wie bei mir.

»Stell dich einfach hinter mich und mach alles nach, was ich tue. Die restlichen Stühle müsstet ihr noch stapeln«, fuhr Vroni, an die zwei Männer gewandt, fort. »Damit wir für unsere Proben genügend Platz haben. Bis heute Abend muss schließlich unsere Choreografie stehen!«

»Ich dachte, es gibt jetzt Frühstück!«, maulte der Hetzenegger, der offensichtlich einen tierischen Hunger hatte.

»Einen Tisch müsst ihr halt stehen lassen!«, seufzte Vroni über so viel Begriffsstutzigkeit. »Es geht doch nur darum, dass wir zum Tanzen genügend Platz haben!« Mit einem nachdenklichen Blick aus dem Fenster fügte sie hinzu: »Vielleicht sollte ich noch Andrea und Nicole fragen, ob sie mittanzen wollen.«

»Andrea und Nicole?«, echote ich verblüfft, und auch mein Blick fiel nach draußen. Dort kamen gerade die einzigen Camper, die wir gerade am Platz hatten, die Treppe herunter. Sie wollten wohl gerade zu einem Spaziergang aufbrechen. Momentan hatten wir nur fünf normale Campinggäste – also solche, die keine Dauercamper waren. Jürgen Meier war hier zusammen mit seiner Frau Andrea Vorderholzer und seinem dreiundzwanzigjährigen Sohn Jan. Außerdem waren noch ihre Freunde mit von der Partie, Thorsten und Nicole Wildgruber. Sie hatten sich zwei große Wohnmobile gemietet und standen damit Seite an Seite mit Blick auf den See.

»Evelyn hat sie gefragt, ob sie mitspielen wollen«, erklärte mir die Schmidkunz, die sich neben mich gestellt hatte.

»Sonst hätten wir doch viel zu wenig Mitspieler«, erklärte Evelyn. »Jetzt, wo Jonas und Alex krank sind. Und der Stein keine Zeit hat!«

Stein war unser persönlicher Rechtsmediziner und nicht nur dienstlich eng mit unserem Campingplatz verbandelt. Wir waren sozusagen der Campingplatz mit der höchsten Morddichte in der westlichen Paläarktis und bei Rechtsmedizinern, Kripobeamten und Spurensicherung gleichermaßen total verschrien.

»Das hat nur Vorteile, wenn die mitspielen«, erklärte mir Evelyn. »Dann muss keiner zwei Rollen übernehmen!«

Eine Weile sahen wir nur schweigend zu, wie die Gruppe die Treppe hinunterging, zwei Pärchen um die fünfzig und ein junger Mann. Voran ging Jürgen. Er ließ die Arme ein bisschen nach vorne hängen, weswegen er stets etwas deprimiert und unsicher aussah. Er hatte sich seine schwarze Mütze vom Kopf gezogen, und die dünnen grauen Haare standen in alle Richtungen. Sein Freund Thorsten hingegen strotzte nur so vor Selbstbewusstsein. Dieser kam gerade mit Jürgens Frau Andrea die Treppe hinunter.

»Was für ein aufgeblasener Kerl«, sagte hinter mir die Schmidkunz über Thorsten und äffte ihn nach. »Coach für Karriere und Work-Life-Balance. Lasst ihn bloß nicht zu Wort kommen! Der labert ohne Ende.«

»Beim Krimidinner muss er sich an den Text halten«, tröstete uns die Vroni.

Von seinem Ausweis wusste ich, dass Thorsten achtundvierzig Jahre alt war, doch er sah deutlich jünger aus. Er war durchtrainiert und gebräunt und hatte das strahlendste Lächeln, das ich je bei einem Mann gesehen hatte. Vermutlich, weil er den breitesten Mund und die weißesten und größten Zähne hatte, die man sich vorstellen konnte. Er war der typische Mann, dem die Frauen zu Füßen liegen. Erstaunlicherweise nicht Evelyn, die sehr empfänglich für alle möglichen Männertypen war. Das mochte daran liegen, dass Evelyn wollte, dass die Männer ihr zu Füßen lagen und nicht umgekehrt!

Andrea, Jürgens Frau, war eine Psychotherapeutin – wirkte auch sehr selbstbewusst, insofern passten Thorsten und sie wahrscheinlich gut zueinander. Im Gegensatz zu Thorstens Frau. Sie gab sich größte Mühe, ebenfalls durchsetzungsstark zu wirken, doch bei ihr hatte es den Anschein, als würde sie ständig ins Schwimmen geraten. Wenn sie redete, sah sie stets ihren Mann an, ob das, was sie sagte, auch Zustimmung fand. Nicole war klein und unglaublich zierlich. Gerade ging sie mit dem Sohn von Jürgen Seite an Seite.

Dieser redete sehr angeregt auf sie ein, während sie den Blick auf den Rücken ihres Mannes gerichtet hielt.

»Das ist doch auch nix«, stellte der Hetzenegger fest, weil wir nun alle am Fenster standen und nach draußen sahen, »wenn der Bub noch mit in den Urlaub fährt. Der ist doch schon über zwanzig!«

»Dreiundzwanzig«, verriet uns Evelyn.

»Ach geh, der arme Bub!«, sagte die Vroni. »Ich würd ihn auch mitfahren lassen! Das ist ein ganz ein Netter, der hat mir gestern den Müll hoch zur Straße gebracht.«

»Und er grüßt immer«, legte sich auch die Schmidkunz für Jan ins Zeug.

»Müll hochbringen«, schnaubte der Hetzenegger. »Hat der nix Besseres zu tun? Der wird doch selber

Freunde haben, in dem Alter, da geht man doch saufen und fährt nicht mit seinen spießigen Eltern auf einen deutschen Campingplatz und bringt alten Leuten den Müll zur Tonne! Also ich in seinem Alter …«

»Das wollen wir jetzt gar nicht wissen«, unterbrach ihn die Vroni ärgerlich und schlug ihm mit der Hand auf den Bauch. »Nicht jeder kann so ein Wilder sein wie du!«

»Wahrscheinlich sind sie nicht spießig genug«, stellte Evelyn eine Theorie auf. »Da haben die Kinder dann keinen Bedarf, sich von ihren Eltern zu lösen. Ich meine, diese Andrea, die kifft doch, die riecht andauernd nach Hasch.«

»Na ja, vielleicht auch nach Räucherstäbchen«, wandte ich ein, weil mir der Geruch auch aufgefallen war.

»Gras«, korrigierte mich Evelyn.

»Du meinst also, wenn die Eltern kiffen, dann ziehen die Kinder nie aus?«, fragte ich neugierig. Diese Theorie musste ich unbedingt Klara unterbreiten. Die saß nämlich hochschwanger zu Hause und wartete darauf, dass das Baby endlich kam. Aber vielleicht wollte man als Schwangere nicht hören, wie schwierig es sein konnte, seine Kinder später einmal aus dem Nest zu beißen …

»Mir hat er jedenfalls schon beigebracht, wie ich zu mehr Erfolg im Leben komme«, kehrte Vroni zu Thorsten zurück. »Das geht ganz einfach, das ist nämlich nur die innere Einstellung. Die kann man selber steuern.«

Sie riss so unvermittelt die Hände nach oben, dass wir alle furchtbar erschraken, und dabei stieß sie mit veränderter, gepresster Stimme hervor: »Ich bin ein Gewinner!«

Wir starrten und schwiegen in gemeinschaftlicher Fassungslosigkeit.

»Das soll man so machen«, erklärte sie entschuldigend, als sie unsere Blicke sah. »Brust raus, Arme hoch und dann mit selbstbewusster Stimme …« Wieder riss sie die Arme hoch und stieß mit befremdlich tiefer Stimme hervor: »Ich bin ein Gewinner.«

»Du hörst dich an wie dieser Typ aus *Star Wars*«, sagte ihr Mann.

Vroni schlug ihm wieder mit flacher Hand auf den Bauch. Bevor ich ebenfalls die Hände hochreißen konnte – wenn das so einfach ging mit dem Gewinner-Typ-Werden, wollte ich das natürlich auch ausprobieren –, ging die Tür zum Café auf, und ein Schwall kalter Luft strich herein. Der Gröning, mein dienstältester Camper, trat herein. Auch wenn er fast nichts von unserer Unterhaltung mitbekam, weil er schwerhörig war, setzte er sich gerne zum Frühstücken zu uns ins Café. Wie immer verspeiste er sein »eigenes« Frühstück – er trank den Kaffee mit Kaffeesahne und aß jeden Tag sein Semmerl vom Meierbeck mit Marmelade, weil er den »modernen Kram« von Evelyn nicht essen mochte.

Kurz überschwemmte mich die Panik – dass ich die Gastgeberin für so viele Leute spielen musste –, und ich nahm mir die Anleitung vom Krimidinner zur Hand.

»Himmel!«, stieß ich panisch hervor. »Filet vom Charolais-Rind mit gebratenen Kartoffelnocken. Und allerlei Wurzelgemüse. Da stehe ich doch tagelang in der Küche!«

»Klingt sehr appetitlich«, grinste der Hetzenegger.

Was dabei am Ende herauskam, wenn ich das kochte, war fraglich.

»Das ist sowieso das Beste«, beruhigte mich Evelyn. »Nicole hat nämlich versprochen, dass sie das Menü kochen wird! Sie hat anscheinend ein Faible dafür, große Menüs für viele Personen zuzubereiten.«

Mein Herzschlag beruhigte sich ein wenig. Sehr gut!

Wir hatten einen Profi unter uns. Und das Wichtigste: Ich war dafür nicht zuständig. Ich sah, wie Nicole am Café vorbeiging. Irgendwie wunderte mich die Aussage, dass sie gerne riesige Menüs kochte. Sie war zaundürr und sah aus, als würde sie nie etwas essen.

Ich wurde vom Hetzenegger abgelenkt, der gerade lautstark auf seinem Frühstück bestand. Ich ließ mich anstecken und nahm mir vom Tresen eine Müslischale, die mit Mohn, Zimt und Kokos garniert war.

»Und Alex ist auch krank?«, wollte ich wissen. Nachdem Jonas erkrankt war, hatte ich mich auf Alex als meinen russischen Ehemann gefreut. Aus eigener Erfahrung wusste ich, dass mein Jugendfreund nicht nur ein begnadeter Küsser war, sondern auch über weitere Qualitäten verfügte, die Jonas regelmäßige Eifersuchtsschübe bescherten.

»Leider«, erwiderte Evelyn, und es zischte, als sie die Milch aufschäumte. »Immerhin ist der Kare gesund.«

Der Kare war ein einigermaßen merkwürdiger Typ aus dem Ort, der stets mit einem uralten Citroen durch die Gegend fuhr.

»Und seinen Wagen fährt er nämlich nur selbst, hat er gesagt.«

»Was hat denn der Citroen vom Kare mit dem Krimidinner zu tun?«, wollte ich wissen.

»Das muss doch alles stilvoll zusammenpassen«, sagte Evelyn tadelnd. »Wie sieht das denn auf Instagram aus, wenn ihr in einem alten Renault von 1999 ankommt. Zu einem Zwanzigerjahre-Event!«

Also, von Event war eigentlich nie die Rede gewesen, aber ich hatte es natürlich schon geahnt, weil Evelyn immer in riesigen Dimensionen dachte. Doch ihre Begeisterung steckte mich an: »Es muss ja sowieso niemand ankommen. Schließlich sind wir hier alle auf dem Campingplatz. Wir gehen einfach zu Fuß…«

»Himmel«, sagte Evelyn kopfschüttelnd. »Was meinst du, wie das wirkt? Wenn die Showgirls zu Fuß über den Campingplatz trampeln? Am besten noch in deinen UGGs, oder was? Das muss stilvoll sein! Und stilvoller als aus einem Oldtimer zu steigen, geht praktisch nicht.«

»Was für ein Oldtimer?«, wollte der Schmidkunz wissen.

»Ein Citroen 11 CV«, antwortete Evelyn und schäumte die Milch für meinen Cappuccino auf.

»Der ist doch aus den Dreißigerjahren«, sagte der Hetzenegger mit vollem Mund, bekam aber statt einer Antwort nur einen drohenden Blick von Evelyn.

Nach dem Frühstück wurden der Hetzenegger und der Schmidkunz zum Einkaufen geschickt. Sehr gut! Dann musste ich mich vor denen wenigstens nicht beim Tanzen zum Affen machen. Nur der Gröning blieb vor seiner zweiten Semmelhälfte sitzen.

Die Vroni legte den Charleston-Klassiker »Green-Hill« auf und tanzte uns erst einmal vor, wie sie sich das Ganze vorstellte. Bei ihr sah das tatsächlich schon überraschend professionell aus. Sie bewegte Arme und Beine vollkommen unabhängig voneinander, ruderte ganz Charleston-mäßig mit den Armen und konnte auch schon die X/O-Kombinationen mit den Beinen routiniert.

»So, und jetzt zusammen, erst mal langsam!«, befahl sie uns.

Brav stellte ich mich hinter sie und probierte dasselbe. Das war gar nicht so einfach. Bei der Vroni gingen die Hüften mit und die Arme, und an manchen Stellen wackelten ihre Brüste ganz wunderbar. Bei mir sah es aus, als hätte ich einen epileptischen Anfall, von dem ich mich nie wieder erholen würde. Ob ich mich so vor Zuschauern blamieren wollte, wusste ich noch nicht. Wir übten das Twisten der Füße, die Knie machten auf und zu, und die Hände sollten abwechselnd von rechts nach links wandern, was mir nur ansatzweise gelang. Irgendwann war mir ganz schwindelig, und ich ließ mich frustriert auf einen Stuhl sinken. Ich beobachtete, wie der Gröning aufstand und das Twisten mitmachte. Der konnte es auf Anhieb, und obwohl es ziemlich in seinen Gelenken knackte und knirschte, war er mit Feuereifer dabei.

»Bis heute Abend kannst du das!«, sagte die Vroni sehr motiviert zu mir.

Das konnte ich mir selbst mit Thorsten-Power-Talk nicht richtig vorstellen!

Kapitel 2

Der Vormittag verflog mit Vorbereitungen und Tanzproben im Nu. Ich hatte mir aus dem Internet das Rezept für eine Lachs-Spinat-Rolle herausgesucht, die ganz einfach zu machen war, und auch alle anderen Frauen bereiteten Vor- oder Nachspeisen zu, um Nicole zu entlasten. Wir hatten uns entschieden, das Krimidinner im Haus zu veranstalten und nicht im Café, weil dort eine große Küche fehlte. Sonst hätte Nicole die ganze Zeit alleine in meiner Küche verbringen müssen, das fanden wir alle nicht fair. So konnte sie sich auch mit an den Tisch setzen und essen.

Nicole hatte sich schon den ganzen Vormittag »eingearbeitet« und mit Hilfe von Vroni und der Schmidkunz Gemüse geschnippelt. Hin und wieder ging ich zu Jonas, legte meine Lippen auf seine Stirn – eine bewährte Methode zum Fiebermessen –, aber meist öffnete er nur kurz die Augen und sah mich glasig an. Auf meine Gesellschaft schien er im Moment wenig Wert zu legen.

Da mich in der Küche niemand brauchte, wurde ich beauftragt, mich um die Rollen im Krimidinner zu kümmern. Ich zählte uns durch: Die Schmidkunzens und die

Hetzeneggers waren vier Personen, Evelyn und ich gaben sechs, und dann noch Jan, Andrea, Jürgen und Thorsten. Also insgesamt zehn Personen, und wie ich nach der Anleitung wusste, musste ich dann die »Zusatzrollen« für das Krimidinner aus dem Internet ausdrucken, da die normale Besetzung aus acht Personen bestand. Ich setzte mich in die Rezeption und stöberte im Internet nach den »Zusatzrollen« für das Krimidinner. Gerade als ich die zwei neuen Rollen ausdruckte, kam Jan mit einer Schachtel voller Einkäufe herein, die er auf dem Tresen abstellte.

»Wo soll das hin?«, fragte er und lächelte mich freundlich an.

»Rauf in die Küche. Einfach die Treppe nach oben und dem Stimmengewirr folgen«, erklärte ich den Weg.

Denn das Stimmengewirr hörte ich bis hier unten, und die Charleston-Musik lief nonstop. Jan nickte und schlüpfte aus seinen Stiefeln, bevor er die Treppe hinaufstapfte. Oben ging die Tür auf, und ich hörte, dass Vroni gerade wieder mitsang. Ich musste grinsen und sah dabei zu, wie mein Drucker Blatt für Blatt der neuen Rollenhefte ausspuckte. Gerade kam Evelyn die Treppe herunter, ein schwarzes Glitzerband um den Hals geschlungen, und auch ihre Haare leuchteten noch röter als sonst. Sie beugte sich über den Tresen und zog eines der Blätter aus dem Drucker. Kopfschüttelnd zerknüllte sie das Blatt zu einem Knödel.

»Sag mal!«, beschwerte ich mich, »das sind die neuen Rollenhefte!«

»Und was ist das für ein dünnes Papier?«, wollte sie kopfschüttelnd wissen. »Das hat ja mit einem Rollenheft überhaupt keine Ähnlichkeit!«

»Mein Super-Öko-Nachhaltigkeitspapier«, erklärte ich den leichten Gelbstich des Papiers aus dem letzten

Jahrtausend. Original von meiner Nonna, meiner italienischen Großmutter und Vorinhaberin des Campingplatzes, Gott hab sie selig!

»Du musst natürlich auf dickes weißes Papier drucken!«, sagte sie und zerriss gleich die nächste Seite auch noch. »Und außerdem musst du alle Rollen ausdrucken, weil sonst jeder weiß, wer die Zusatzrollen hat.«

»Das wissen wir doch eh«, wandte ich ein.

»Na, aber die anderen nicht.«

Seufzend stand ich auf und suchte nach dickem weißen Papier. Dazu musste ich hinter dem Tresen herumkrabbeln und in den dortigen Schränkchen suchen. Ich meinte mich zu erinnern, dass ich da mal entrümpelt hatte, fand aber dennoch einen Stapel uralter Rechnungen aus dem Jahre 1982!

Während ich die alten Rechnungen hinter mich schob – die würde ich natürlich entsorgen –, sah ich das neue Druckerpapier! Doch in dem Moment wurde die Tür zur Rezeption aufgerissen, was ich nicht nur am Dingeln, sondern auch an dem kalten Luftzug merkte, der bis hinter den Tresen strich.

»Was ist denn nun schon wieder los!«, hörte ich die energische Stimme von Thorsten. Obwohl er leise sprach, klang er ziemlich aggressiv und nicht nach Strahlemann-Gewinner-Typ. Erstaunt hörte ich auf, im Schränkchen zu kruschteln.

»Das weißt du genau«, hörte ich Nicole sagen, und sie hörte sich an, als hätte sie Schnupfen.

»Ich habe dir gleich gesagt, dass ich das nicht will!«, fauchte er sie an. »Das war so nie ausgemacht, und ich lasse mich von dir nicht unter Druck setzen!«

Mannometer. Der Strahlemann Thorsten konnte also auch anders. Ich hatte immer gedacht, dass an ihm jede Schwierigkeit abprallte.

»Jetzt ist es zu spät!«, antwortete Nicole, und in ihrer Stimme hörte man eine eigenartige Mischung aus Verzweiflung und Triumph.

Eigentlich wäre jetzt der Moment gewesen, um darauf aufmerksam zu machen, dass ich hinter dem Tresen saß und zuhörte. Aber irgendwie wollte mir kein Räuspern über die Lippen kommen.

»Ich habe mir das nicht ausgesucht«, piepste Nicole, und es klang, als würde sie gleich losheulen.

»Und das soll ich glauben!«, stieß Thorsten wütend hervor. »Das planst du doch schon seit Wochen! Wahrscheinlich schon, seit du behauptet hast, dass es für dich okay wäre …« Er machte eine kurze Pause. »Aber das war es nie, oder?« Seine Stimme klang plötzlich eisig. »Da hast du mich ganz schön über den Tisch gezogen!«

Ich schrak zusammen, als ich hörte, wie jemand mit flacher Hand auf den Tresen schlug, und zog den Kopf ein, als wäre ich gemeint gewesen. Fast rechnete ich damit, dass mich Thorsten jetzt ähnlich anschrie, wegen heimlichen Belauschens. Aber er hatte mich gar nicht entdeckt.

»Wie kannst du das sagen!«, flüsterte Nicole.

»Weil es so ist«, antwortete Thorsten.

»Du weißt, dass es keine Absicht war!«

Mein Herz schlug im Hals, und ich hatte das Gefühl, als würde mein Rücken vor lauter Anspannung knacken.

»Du meinst wohl, ich bin blöd«, erwiderte Thorsten, und seine Stimme klang auf eine eigenartige Weise hasserfüllt und triumphierend. »Und wenn du denkst, dass es irgendetwas ändern wird – dann hast du dich geschnitten!«

Ich hörte wieder Schritte auf der Treppe, definitiv die

hohen Stilettos von Evelyn, und danach wieder das Dingeln der Rezeptionsglocke.

»Hast du Sofia gesehen?«, fragte Evelyn.

»Nein«, piepste Nicole, und ich hörte, dass sie sich schnäuzte.

»Ich hab dir die Schürze oben hingelegt«, sagte Evelyn.

»Danke«, hörte ich Nicole hauchen. Ich hörte, wie sie die Stufen zur Wohnung hinaufschlich.

»Was machst *du* denn da?«, fragte Evelyn, und ihr Kopf beugte sich über den Tresen. Hastig drückte ich einen Finger auf die Lippen.

»Bist du alleine?«, flüsterte ich.

»Ja. Natürlich bin ich alleine. Himmel! Wie siehst du denn aus! Du hast ein total fleckiges Gesicht«, kritisierte Evelyn. »Du darfst beim Schminken nicht an der Grundierung sparen, das rächt sich immer.«

Ich war überhaupt nicht geschminkt, und von Grundierung hatte ich keine Ahnung.

»Ich suche neues Papier«, lenkte ich ab, obwohl mir noch immer der Herzschlag in den Ohren dröhnte. »Hast du doch gesagt!«

»Wenn du fertig bist, komm mal rauf, dann mach ich dir das mit der Grundierung«, erklärte mir Evelyn, noch immer fassungslos über mein Aussehen.

Während ich das neue Papier hervorholte, überlegte ich, was ich da eben gehört hatte. Thorsten war wirklich sehr wütend gewesen!

Ich machte aus den einzelnen Blättern einen ordentlichen Stapel und schob sie in den Druckerschacht. Im Prinzip ging mich das mit den Wildgrubers ja auch nichts an. Die fünf Freunde würden in drei Tagen wieder abreisen, zusammen mit ihren Problemen.

Im nächsten Moment sprang mein Drucker an und

zog die Seiten ein. Jetzt würde niemand mehr wissen, wer lediglich eine Zusatzrolle hatte und deshalb kein Mörder sein konnte. Außer mir natürlich.

Und Evelyn.

Und Vroni. Und der Schmidkunz.

Am Nachmittag hatten wir bereits die »Tafel« in meinem Esszimmer gedeckt, und die Essensvorbereitungen liefen weiter auf Hochtouren. Evelyn hielt sich bei diesem Thema vornehm zurück. Sie war hauptsächlich damit beschäftigt, uns zu schminken. Für ihre Begriffe waren wir nämlich allesamt ungeschminkt, ein bisschen Wimperntusche zählte für sie nicht.

»In den Zwanzigerjahren war Schminken unglaublich wichtig!«, erklärte sie mir, während sie mir mit einem Schwämmchen so viel Grundierung auftrug, dass ich meine Poren nicht mehr sehen konnte. »Und die Frisur. So wie du rumläufst, gehst du als Showgirl überhaupt nicht durch!«

Etwas frustriert über den Zustand meiner Haare atmete sie heftig aus und fing an, mir eine Haartolle zu stecken. Ich blinzelte nur hin und wieder durch halb geschlossene Augenlider in den Spiegel.

»Stell dich mal da ans Licht«, sagte sie schließlich, und wir gingen beide ans Fenster, wo Evelyn das Ergebnis bei Tageslicht begutachtete.

»Gut«, sagte sie zufrieden.

Mein Blick fiel nach draußen auf eine junge, etwas dickliche Frau in einem merkwürdig unförmigen olivgrünen Parka, der in der Mitte mit einem Gürtel festgezurrt war. Gerade machte sie ein Foto von unserem Wohnhaus.

Dass jemand das Café fotografierte, hatte ich schon öfter gesehen. Aber meist waren das Erinnerungsbilder nach dem Motto *Weißt du noch, da haben wir jeden Tag so leckere Beerenteilchen gegessen und einen fantastischen Cappuccino getrunken.* Aber mein Wohnhaus stand normalerweise als Fotomotiv nicht hoch im Kurs! Außerdem war die Frau weder Campinggast, noch kannte ich sie vom Dorf.

»Wer ist denn das?«, fragte ich jetzt laut.

»Oh«, machte Evelyn, hob die Hand zum Winken und wedelte ziemlich affektiert vor meiner Nase herum. Als die Frau knallrot wurde und sich schließlich umdrehte und ging, grinste mich Evelyn an.

»Das ist eines meiner Groupies«, sagte sie mit einer Stimme, als wäre das ganz normal für sie. »Die habe ich gestern beim Einkaufen getroffen, sie war total aus dem Häuschen!«

Evelyn holte ihr Handy heraus und zeigte mir ein Bild aus ihrer Story. Man sah Evelyn und die Fremde in ihrem grün-grauen Parka vor dem Milchregal in unserem Supermarkt stehen. »Ich liebe meine Fans«, hatte Evelyn in geschwungener roter Schrift daruntergeschrieben, und ihre Gesichter waren von einem goldenen Strahlenkranz gesäumt. Halb weggeschnitten war noch eine Frau zu erkennen, die mir sehr vertraut war: die einundneunzigjährige Hildegard mit ihrem Gehwagerl. Ihretwegen wäre ich im Sommer beinahe von einer Truppe Kampfsportler kaltgemacht worden.

»Wie, und dein Groupie ist ihre Enkelin?«

»Ja. Johanna. Die ist gerade zu Besuch. Und anscheinend ist sie schon länger Fan von meinem Kanal. Die war komplett aus dem Häuschen, als sie mit mir ein Selfie machen durfte!«

Auf Instagram war Evelyn nämlich die »Sexy Hirschin« und eine Influencerin. Zwar noch ohne große Werbeverträge, aber – wie mir schien – auf dem besten

Weg dorthin. Ich sah der jungen Frau hinterher, die eilig hinauf zur Landstraße ging.

Ich fand das alles ziemlich unglaublich. Nicht, dass Evelyn Fans hatte, das wusste ich ja. Doch ich hatte sie mir komplett anders vorgestellt. Vielleicht ähnlich sexy und exaltiert wie Evelyn. Jedenfalls nicht mit einem grau-grünen und figurtechnisch ungünstigen Outfit!

»Als Johanna erfahren hat, dass ihre Großmutter mich kennt, wäre sie beinahe in Ohnmacht gefallen.« Evelyn sah sehr zufrieden aus. »Wahrscheinlich taucht sie jetzt öfter hier auf und will Autogramme.«

Gegen vier Uhr war ich bereits fix und fertig hergerichtet. Ich machte Jonas noch einmal Tee und half ihm, einen frischen Schlafanzug anzuziehen. Er nippte nur kurz an der Tasse und schloss dann wieder die Augen – bestimmt war das der erholsame Genesungsschlaf! Danach warf ich mich für ein kurzes Päuschen auf das Sofa im Wohnzimmer. Schon den ganzen Tag tönte »Ain't she sweet« durchs Haus, um uns in die nötige Stimmung zu versetzen, und aus der Küche hörte man Geklapper und den entspannten Tratsch mehrerer Frauen. Ich nahm mein Handy und schickte Klara, meiner besten Freundin in Hamburg, ein Bild von Evelyn. Ich hatte etliche Bilder von ihr machen müssen – die Perlenketten, der Glitzer, die Federboa und eine Zigarettenspitze machten sie wirklich zu einer Charleston-Diva.

»Gatsby, wir kommen!«, hatte ich daruntergeschrieben und sah mir dann auf Instagram an, was Evelyn schon alles gepostet hatte. Ich konnte mir gut vorstellen, dass sie dieses Krimidinner als Format nur deswegen gewählt hatte, weil sie sich dann mit viel Pailletten, Glitzer und vielleicht sogar einer Federboa kleiden durfte. Sie hatte gerade ein schwarzes Kleid an, das nur aus Fransen zu bestehen schien und einem riesigen Feder-Kopfschmuck, auch in Schwarz. Und um die nackten Schultern hatte sie sich eine schwarze Federboa geschlungen. Ihr aktuelles Posting mit meinen Bildern hatte sofort einen Like von »Kieselchen«, unserem persönlichen Rechtsmediziner, der das Ganze auch noch mit einem Gif kommentierte: ein klatschender Leonardo DiCaprio.

»Ist Kieselchen wie geplant bei seiner Familie«, nahm ich Instagram zum Anlass, um Details über Evelyns aktuellen Beziehungsstatus mit dem Herrn Rechtsmediziner zu erfahren. Dieser unterlag nämlich einer gewissen Volatilität, je nach Evelyns Launen.

»Ja, er wollte, dass wir gemeinsam dort zu Abend essen«, antwortete Evelyn.

»Wie süß von ihm«, sagte ich. »Also, dich mitzunehmen.«

»Ich hasse Familientreffen«, sagte Evelyn für mich nicht unerwartet, während sie große weiße Federn in Vasen dekorierte. »Wenn ich schlechte Stimmung bräuchte, könnte ich meine eigene Verwandtschaft treffen. Mach ich ja auch nicht, oder?«

Sie klatschte in die Hände und wechselte das Thema: »Lass uns noch mal sehen, wer was spielt, und uns die Namen einprägen«, sagte sie in die Kamera, obwohl wir natürlich schon längst wussten, wer was spielte. »Nichts ist wichtiger für eine tolle Performance, als nicht ins Stottern zu geraten!«

»Deine Rolle hast du ja glücklicherweise schon«, neckte ich sie ein wenig und lehnte mich zu ihr hinüber, um mir die unterschiedlichen Rollen noch einmal durchzulesen.

»James, der Butler«, hielt Evelyn ein Tischkärtchen hoch. Das war der Hetzenegger. Der machte sowieso nur mit, weil es Essen gab. Und der Schmidkunz wurde gezwungen.

»Sean Linley, der Playboy.« Evelyn grinste. »Das wäre die Paraderolle für Alex gewesen. Schade, dass er krank ist.«

»Ich finde, dass Thorsten Wildgruber für die Rolle des Schwerenöters absolut prädestiniert ist«, überlegte ich. »Fast ein bisschen zu gut. Der muss ja gar nichts spielen.«

»Das ist nur wegen seines breiten Grinsens und seines einnehmenden Wesens«, korrigierte mich Evelyn.

Na ja. Ich fand, dass er bei jeder Frau einen flirtenden Unterton draufhatte, selbst bei der Vroni und bei mir.

»Und es haben wirklich alle zugestimmt, dass du für deine Instagram-Story filmen darfst?«, hakte ich nach. Jonas wäre damit nämlich nicht einverstanden, das wusste ich.

»Der Schmidkunz nur, wenn er eine schweigende Rolle bekommt«, erklärte mir Evelyn. »Aber Lord Chatterley ist dafür sehr gut geeignet.«

Ich grinste und blätterte kurz im Rollenheft vom Schmidkunz, der hatte faktisch nix zu sagen.

»Wirst du wohl aufhören! Das soll doch eine Überraschung sein! Keiner von uns darf in den Rollenheften der anderen lesen und über den Verlauf des Krimidinners Bescheid wissen!« Evelyn nahm mir die Seiten weg, dann klopfte es, und Jan steckte seinen Kopf herein.

»Habt ihr einen Mörser?«, fragte er. »Für Nicole.«

»Moment«, sagte ich und stand auf, um in der Speisekammer zu suchen.

»Was habe ich denn für eine Rolle?«, fragte er, hinter mir stehend.

Ich reichte ihm den großen Stein-Mörser meiner Nonna. »Eigentlich bist du mein russischer Ehemann. Aber wenn du unbedingt willst, darfst du auch die Rolle des Gigolos übernehmen, der mit jeder anwesenden Frau ins Bett will.«

Jan grinste. »Ich würde sagen, für den Gigolo gibt's eine bessere Besetzung.«

Wir grinsten uns verschwörerisch an.

Kapitel 3

Am Abend holte der Kare uns drei Showgirls – die Vroni, die Schmidkunz und mich – und die dauerfilmende Evelyn stilecht mit seinem alten Auto ab. Er zelebrierte seinen Einsatz richtiggehend und fuhr uns in seinem alten Citroen eine Runde durch den Ort, bis er uns wieder beim Campingplatz absetzte.

Auf dem Platz vor der Rezeption, wo sonst die Camper ihre Gespanne parkten, während sie sich anmeldeten, stand eine einsame Gestalt in einem graugrünen Parka. Schon wieder diese Johanna! Und schon wieder hielt sie ihr Handy in unsere Richtung. Ihre Wangen waren von der Kälte oder von der Aufregung schon ganz rot.

»Sag mal«, sagte ich zu Evelyn, »die stalkt dich ja wirklich!«

»Ach was, ein richtiges Groupie, das lebt doch für diese Momente!«, erläuterte Evelyn zufrieden. Denn auch sie lebte in gewisser Hinsicht für diesen Moment. Und für die Likes, die sie regelmäßig kontrollierte.

Mir grummelte es im Bauch, hauptsächlich wegen unserer Tanzaufführung, bei der ich mitmachen musste, obwohl ich trotz der vielen Proben noch immer die Schritte vergaß. Evelyn filmte munter aus dem Auto nach draußen und sprach ihre neue Story ins Handy.

»Die Showgirls kommen – auf das herrschaftliche Gut!«

Hier vom Auto aus sah das Haus meiner Nonna tatsächlich ein bisschen aus wie ein Gutshaus. Die Sprossenfenster waren hell erleuchtet, und in der Dunkelheit sah man auch nicht, dass hier und da die Farbe nicht mehr ganz frisch war.

»Und hier sind wir auch schon!«

Tatsächlich standen schon alle draußen auf der Treppe, die zwar kein hochherrschaftliches Entree war, doch Evelyn hatte immerhin noch dafür gesorgt, dass ein Feuerkorb romantisches Licht spendete. Die Flammen schlugen knisternd nach oben.

»Die Gäste warten bereits und sind sehr gespannt auf uns Showgirls! Keiner ahnt, dass Lord Fauntleroy schon längst tot in seinem Bett liegt … umgebracht von einem der anwesenden Gäste!«

Evelyn unterbrach ihre Aufnahme und warnte uns: »Ihr dürft erst aussteigen, wenn ich oben bei der Treppe bin. Ich muss euch doch filmen! Und erinnert euch daran, welche Rolle ihr spielt, ihr seid …«

»Josephine, Estelle und Mary Jane«, nickte ich.

»Von den Clooney Sisters«, bestätigte die Schmidkunz.

»Und wie wirkt ihr auf die anderen?«, fragte uns Evelyn in strengem Tonfall ab. Als wir alle nur die Augen verdrehten, sprach sie es selbst aus: »Showgirls! Exaltiert! Voller guter Laune! Sexy!«

Vroni und die Schmidkunz kicherten dann doch. Seit sie in ihren glitzernden, silbernen Fransenkleidern steckten, fühlten sich beide ungewohnt sexy. Vroni trug auf der Stirn zudem noch eine silberne Perlen-Tiara mit viel Glitzer. Ich beobachtete, wie die beiden ausstiegen und mit schwingenden Hüften auf die Treppe zugingen, wohin sie von Evelyn mit ermunternden Handbewegungen dirigiert wurde. Hinter Evelyn standen unsere Campinggäste, und während ich so elegant wie möglich auf Evelyn zustolzierte, versuchte ich mich mehr auf sie zu konzentrieren als auf die filmende Evelyn. So kam ich mir nur halb so bescheuert vor wie bei dem Gedanken, dass sich die Follower von Evelyn einen Ast lachten über meine hohen Schuhe, die auf dem kalten Boden bei jedem Schritt ein wenig zur Seite glitten. Vermutlich sah ich aus wie ein außer Kontrolle geratener Seehund.

Auf der Treppe standen der Hetzenegger und der Schmidkunz, die wohlgefällig ihre Ehefrauen betrachteten. Andrea und ihr Mann sowie Coach Thorsten befanden sich direkt dahinter. Jürgen sah in seinem ausgeliehenen Anzug ziemlich verloren aus, er war ihm in den Schultern etwas zu breit, und die Hose schien nur mit einem Gürtel oben zu bleiben. Thorsten hatte es da besser erwischt, sein Anzug passte super – auch zu seinem breiten Grinsen und seiner Fönfrisur. Und Andrea sah in ihrem schwarzen, knielangen Etuikleid ebenfalls toll aus. Obwohl es nicht Zwanzigerjahre war, wirkte es mit dem Stirnband und der großen schwarzen Feder doch sehr authentisch! Wo war eigentlich Thorstens Ehefrau? Bevor wir losgefahren waren, hatte ich gesehen, dass Evelyn Nicole noch ein Hausmädchenkostüm organisiert hatte. Aber sie stand jetzt nicht bei den anderen. Während ich bei meinem nächsten Schritt auf dem rutschigen Untergrund fast die Grätsche machte, blickte ich nach oben. Mehr deswegen, weil ich erwartete, dass uns der kranke Jonas aus dem Schlafzimmerfenster im ersten Stock zusah. Dann hätte ich mir nämlich beim Sexy-Faktor gleich um mehrere Potenzen mehr Mühe gegeben. Aber Jonas stand nicht am Fenster, sondern, ein Fenster weiter, Nicole.

Es war wie ein Bild aus einer anderen Zeit. Und vor allen Dingen ein Bild, das eine seltsame Zusammengehörigkeit zeigte: Denn eben war Jan neben Nicole getreten und sah nach unten auf uns »Showgirls«. Nicole dagegen hatte ihren starren Blick auf wen gerichtet? Wie immer auf Thorsten? Auf den Hetzenegger? Ich war nun so nahe an der Treppe, dass ich das nicht mehr beurteilen konnte. Nur, dass Thorsten, obwohl sein breites Grinsen ganz klar auf mich gerichtet war, mit seiner linken Hand an den Hintern von Andrea fasste. Und, wenn es mich nicht täuschte, Jürgen auf gerade diese Hand blickte, und Andrea wiederum Thorsten einen lasziven Seitenblick zuwarf.

Der Moment in seiner Fülle der Ereignisse war so schnell vorbei, wie er gekommen war. Denn Thorsten nahm seine Hand weg und klatschte in die Hände, wie jetzt auch die anderen. Wir tänzelten an ihnen vorbei, was im Trockenen dann doch besser ging als auf dem rutschigen Schnee. Vroni trällerte ziemlich vergnügt die Charleston-Musik mit, zu der wir gleich tanzen würden.

Ich war jedenfalls heilfroh, dass Jonas zu krank war, um sich meine missglückte Aufführung anzusehen. Der Hetzenegger und der Schmidkunz applaudierten ihren Frauen begeistert – und zu Recht, wie ich fand. Auf meine Tanzschritte hatte hoffentlich niemand geachtet!

Unter allgemeinem »Ah« und »Oh« drehten sich nun alle zu der gedeckten Tafel um. Mit all den Kerzen und dem gedämpften Licht glitzerte alles äußerst festlich!

Auf der Anrichte meiner Nonna stand ein schwarzes Schild mit goldener Schrift: *Prohibition ends here.* In zwei alten Vasen, die mit Modeschmuck-Perlenketten umwickelt waren, steckten hohe weiße Federn. Die Tafel war mit roten Sektkelchen und goldenen Tellern gedeckt, und vor jedem Gedeck stand ein edles Platzkärtchen, auf dem in geschwungener Art-nouveau-Schrift der Name der betreffenden Person stand.

Das Vorspeisenbuffet sah umwerfend aus! Jede der Köchinnen hatte sich große Mühe gegeben! Ich fragte mich nur, wo meine Lachs-Spinat-Rolle hingeraten war, die schaute nämlich ebenfalls fantastisch aus, auch wenn sie ganz schnell gemacht war und nicht viel Geschick erforderte. Da sah ich, dass jemand die runden Teilchen schon auf Tellerchen auf dem Tisch verteilt hatte. Das war tatsächlich eine gute Idee, denn dadurch sah die Tafel besonders üppig gedeckt aus.

Mein Esszimmer war nicht mehr wiederzuerkennen! Ich schnappte mir mein Handy und stellte mich ans Fenster, um von dort ein Foto zu machen.

Als ich mein Handy auf das Fensterbrett legte, fiel mein Blick nach draußen auf eine Gestalt, die auf dem Vorplatz stand und mein Haus filmte, und das, obwohl es draußen schon stockdunkel war. Evelyns Groupie! War das nicht ein bisschen krankhaft? Ich sah, wie sie ihr Handy hochhielt, und im Schein unseres Wohnzimmerlichtes bemerkte ich auch, dass sich ihr Mund bewegte.

Himmel! Die drehte doch jetzt nicht allen Ernstes eine Paparazzi-Story über unser Krimidinner? Ich hielt Evelyn auf, als sie an mir vorbeilief, und deutete mit dem Kopf hinunter.

»Also, das muss aufhören!«

Evelyn warf einen erstaunten Blick nach unten.

»Wahnsinn«, sagte sie, klang aber äußerst zufrieden. »Wozu Fans alles bereit sind!«

»Du musst mit ihr reden!«, befahl ich streng.

Evelyn seufzte und ließ den Rollo nach unten.

»Jetzt wird sie schnell die Lust verlieren. Glaub mir.«

Damit drehte sie sich um und klatschte in die Hände.

»Die Spielregeln sind wie folgt«, erklärte Evelyn, als sie die Aufmerksamkeit aller hatte. In einer Hand hielt sie ihr Handy, mit dem sie filmte. »Wir sind alle Verdächtige in einem Mordfall. Jeder von uns kann der Mörder sein, traut niemandem über den Weg!«

Die Vroni kicherte.

»Wenn wir uns gleich hinsetzen und die Rollenhefte in die Hand nehmen: Ganz wichtig, man darf nicht vorab alles lesen, immer nur bis zum nächsten STOPP!«

Aus dem Augenwinkel fiel mir auf, dass Andrea gerade vor der Tafel stand und die Platzkärtchen las. Sie warf einen kurzen Blick über die Schulter und vertauschte dann zwei Kärtchen. Ich musste nicht lange nachdenken, wie sie die Sitzordnung verändert hatte, denn ich selbst hatte die Kärtchen arrangiert: Sie hatte ihr Tischkärtchen mit dem von Thorsten vertauscht und würde nun nicht mehr zwischen ihrem Mann und ihrem Sohn sitzen, sondern zwischen mir und dem Hetzenegger. Sie kicherte albern und zwinkerte Thorsten zu.

»Die Rollenhefte darf man keinem anderen Gast zeigen, denn es stehen auch Dinge drin, die man möglichst lange geheim halten sollte«, sprach Evelyn weiter. »Unsere Aufgabe ist es, den Verdächtigen in die Enge zu treiben! Jeder sollte versuchen, sein Geheimnis möglichst spät preiszugeben. Natürlich ohne zu lügen.«

Evelyn hob ein kleines Kärtchen nach oben. »Jeder hat ein solches Kärtchen auf seinem Platz liegen. Diesen Hinweis darf jeder erst lesen, wenn er oder sie dazu aufgefordert wird!«

Evelyns Augen blitzten, und sie schwenkte ihr Handy nun so, dass sie sich selbst filmte. »Und nun als Erstes meine Aperitifs … Butler James, bitte!«

Keiner reagierte.

Die Vroni stieß den Hetzenegger an. »Das bist du!«

»Ja?«

»Die Gläser stehen in der Küche, James«, erklärte Evelyn würdevoll und verdrehte ein klein bisschen die Augen.

So hatte sich der Hetzenegger das Event wahrscheinlich nicht vorgestellt, aber nach zwei Rippenstößen von seiner Frau setzte er sich in Bewegung und kredenzte auf einem silbernen Tablett die Aperitifs. Sie sahen toll aus in den riesigen Kristallgläsern mit Goldrand, die ich von meiner Nonna geerbt hatte und sonst nie benutzte.

»Was trinken wir denn Schönes?«, fragte ich und betrachtete die Flüssigkeit, in der ein großer farbiger Eiswürfel schwamm.

»Das ist Champagner, Leute, genießt es!«, rief Evelyn aus. »Ich habe mir ewig den Kopf zerbrochen, was ich machen soll, und das ist dabei herausgekommen …« Dabei hob sie ihr Glas und flötete begeistert. »Orangenschale mit Rosenblüten aufgekocht, dann mit Eiswürfeln ins Glas …«

Sie sprach derart begeistert, dass mir klar war, dass sie schon wieder am Filmen war.

»Der Eiswürfel schmilzt jetzt langsam in einem Bad von Champagner und Lillet … Und für die, die es alkoholfrei wollen, kann man stattdessen White Berry nehmen.«

Da Butler James nicht so viel tragen konnte, stand ich auf und folgte ihm in die Küche. Dort stand Nicole und hantierte mit Fleischthermometern. Sie war knallrot im Gesicht und etwas hektisch. Vielleicht lag das auch daran, dass sie bei offenem Deckel irgendetwas kochen ließ und sogar die Fensterscheiben vom Wasserdampf beschlagen waren.

»Willst du auch einen Aperitif mit uns trinken?«, fragte ich.

»Nein, nein«, sagte sie hektisch. »Ich habe bereits einen Aperitif bekommen. Alles gut!«

Damit deutete sie auf das Getränk, das noch unberührt neben dem Herd stand. »Ich hab hier noch zu tun.«

Ich nickte. So sah das auch aus. Es wirkte ein bisschen, als hätte sie vom Kochen eines großen Menüs gar nicht so viel Ahnung, wie sie behauptet hatte. Vor allen Dingen nicht mit dem Zeitmanagement.

Aus dem Esszimmer hörte ich gerade, dass die mitgelieferte CD abgespielt wurde und uns ein Mann – Inspector Barnhem – darüber informierte, dass Lord Fauntleroy tot sei. Eilig gesellte ich mich wieder zu der Runde.

»Erstickt in seinem eigenen Bett«, sagte die Männerstimme aus dem Off.

Hinter mir stürzte Nicole aus der Küche und rannte mit kalkweißem Gesicht Richtung Wohnungstür. Ich hörte sie über die Treppe hinunterhetzen. Unten quietschte ein Hund auf, über den sie anscheinend gestolpert war.

Evelyn filmte in die Runde, und ich versuchte dem Anlass entsprechend ernst und gefasst zu wirken. Da stieß mit beleidigtem Gesichtsausdruck Clärchen die Esszimmertür mit ihrer Schnauze auf und setzte sich sehr dicht zu mir – bestimmt war Nicole gerade über sie gestolpert. Ich tätschelte ihr den Kopf, während ich weiter Evelyn beobachtete. Gerade schaffte sie es, gleichzeitig mit dem Schmidkunz anzustoßen und theatralisch in ihre Handykamera zu sprechen: »Was Sie nicht sagen,

Inspektor. Aber Sie können doch unmöglich denken, dass einer von uns meinen großartigen Ehemann umgebracht haben soll! Ich habe überhaupt nichts mitbekommen, ich hatte einen Migräneanfall! Sofort nach der Tanzaufführung der liebreizenden Showgirls habe ich mich für ein Stündchen zurückgezogen … Wann war das doch gleich?«

Das »liebreizend« hatte sie garantiert gerade erfunden, das stand bestimmt nicht in der Anleitung.

Sie stieß mich mit ihrem Fuß an und richtete die Kamera auf mich. Eine Weile sah ich nur bedröppelt drein, schließlich wusste Evelyn doch, wann wir getanzt hatten.

»Na. Gerade eben?«, antwortete ich unsicher.

»Du musst die Anleitung vorlesen!«, zischte sie mir zu.

»Sorry«, sagte ich und holte mir vom Tisch das Rollenheft. Ich sollte ein Showgirl spielen, eine rassige Rothaarige, die alles dafür tat, um im Filmgeschäft nach oben zu kommen. Denn Lord Fauntleroy war der Gründer der GFCC – der Great Fauntleroy Cinema Corporation – und hatte ein großes Mitspracherecht bei der Besetzung der Filme.

Was keiner wissen durfte: Ich war mit dem Mordopfer auch schon im Bett gewesen und von ihm schwanger. Und das, wo ich doch mit dem russischen Großindustriellen Fjodor Lasarew verheiratet war! Das Mordopfer hatte sich jedoch geweigert, mir beim nächsten geplanten Blockbuster als Gegenleistung für meine sexuellen Gefälligkeiten eine Hauptrolle zu verschaffen. Und vielleicht hatte ich ihm, ganz im Hormonüberschwang, ein Kissen auf das Gesicht gedrückt. Vielleicht auch, weil mit Fjodor Lasarew nichts los war. Er war von seiner Verwandtschaft enterbt worden, und wir wären finanziell auf Lord Fauntleroy angewiesen gewesen. Mir schwirrte jetzt schon der Kopf von der komplizierten Hintergrundstory!

»Das muss so um zwanzig Uhr gewesen sein«, las ich aus meinem Textheft vor. »Ich war so großartig bei dieser Vorführung, dass Lord F unglaublich begeistert von mir gewesen ist …« Ich machte eine dramatische Pause, mich daran erinnernd, dass ich ja schauspielern sollte. »Danach hat er mich noch in sein Büro gebeten, um meine Zukunft zu besprechen!«

Alle hingen an meinen Lippen.

»Nachdem er gesehen hatte, wie ich tanze, hat er mir sofort zugesichert, dass ich sämtliche Hauptrollen der nächsten Jahre bekommen würde«, sollte ich lügen.

Alle sahen mich erwartungsvoll an.

»Danach habe ich mich erst einmal auf mein Zimmer zurückgezogen und ein wenig geruht.«

»Lasst uns alle hinsetzen!«, wies uns Evelyn an.

Ich nahm einen Schluck des prickelnden Getränks, das wirklich fantastisch schmeckte. Denn gerade für alkoholische Getränke hatte Evelyn definitiv ein Händchen! Brav setzte ich mich neben Andrea. Beinahe hätte ich mein Getränk verschüttet, als mich Vroni sehr empört anzischte: »Das muss ein absolutes Missverständnis sein! Die nächste Hauptrolle hatte er mir zugesichert! Ich verstehe nicht, wie du solche Unwahrheiten verbreiten kannst.« Ich erschrak richtig, als sie aufsprang und mit den Händen herumfuchtelte. Der Stuhl fiel polternd hinter ihr um, und alle zuckten zusammen. Und zwar in echt.

»Jetzt, wo er tot ist, kannst du natürlich alles erfinden, was dir gefällt, du Schlampe!«, brüllte sie mich an, ohne ihr Textheft in der Hand. »Wenn du meinst, dass ich mir das gefallen lasse, hast du dich geschnitten!«

Wow! Die Vroni war die geborene Schauspielerin!

Ich bezweifelte, dass das Wort Schlampe im Text stand.

»Mylady, ich bitte Sie!«, sagte der Hetzenegger, auch ohne dass es in seinem Manuskript stand, und richtete den Stuhl wieder auf.

»Steht das in deinem Text?«, fragte Evelyn skeptisch nach. »Mylady bin doch ich.«

Der Hetzenegger stöhnte fast unhörbar und nahm sich nun doch seinen Originaltext. Mit ziemlich gelangweilter, nasaler Stimme las er vor: »Darf ich nun die Suppe kredenzen?«

»Musst du das so emotionslos vorlesen?«, moserte die Vroni.

»Ich soll immer die Contenance bewahren, steht in meiner Rollenbeschreibung«, rechtfertigte sich der Hetzenegger.

»Ja, James«, sagte Evelyn. »Bitte die Suppe. Mein Mann hätte nicht gewollt, dass wir das Essen verderben lassen.«

Zufrieden ging der Hetzenegger nach draußen, weil Hunger hatte er wahrscheinlich schon länger. Während er durch die Küchentür ging, trank er seinen Champagner auf ex.

»Vielleicht sollten wir erst die Lachsröllchen essen«, sagte ich. »Vor der Suppe.«

Mein »Ehemann« Jan griff brav zu und sagte mit vollem Mund: »Sehr lecker«, was ihm einen ungehaltenen Blick seiner Mutter einbrachte. Mit den eigenen Eltern zu verreisen war tatsächlich eine blöde Idee, wie ich fand. Ich warf einen Blick in die Runde. Wir hatten eigentlich geplant, dass sich Frauen und Männer abwechselnd um den Tisch verteilten, damit jeder seinem virtuellen Partner gegenübersaß. Allerdings hockte Andrea nun links neben mir statt wie geplant halb gegenüber. An meiner rechten Seite saß der Schmidkunz. Er war der Schwiegersohn des Ermordeten, ein Soldat, der unter einer schweren posttraumatischen Belastungsstörung litt und praktisch nicht redete. Er hatte eine der Rollen ergattert, die man zusätzlich aus dem Internet ausdrucken konnte. Verheiratet war er mit der Tochter des Ermordeten, der Schmidkunz. Er sah aus, als wäre er geistig total abwesend, was vollkommen seiner Rolle und seiner Natur entsprach. Die Rolle war ihm praktisch auf den Leib geschneidert!

Mir gegenüber saß Jan, mein russischer Gemahl, der mit viel Appetit meine Lachs-Spinat-Röllchen futterte. Obwohl er immer alles brav mitmachte und lächelte, hatte ich den Eindruck, dass er auf dieses Spiel nicht richtig Lust hatte. Er sah immer wieder zur Tür.

Irgendetwas roch ziemlich angebrannt, wie ich fand. Bevor ich mich dazu entschließen konnte, aufzustehen und nachzusehen, was in der Küche passiert war, kam Nicole zurück in die Wohnung gestürzt, inzwischen knallrot statt kalkweiß. Dann hörten wir in der Küche einen Topfdeckel klappern und ein gezischtes »Scheiße!«. Evelyn warf mir einen genervten Blick zu, der prognostizierte, dass wir mit Nicoles Menü einen ziemlichen Reinfall erleben würden.

Kapitel 4

Thorsten hatte schon ein bisschen zu viel gebechert. Hin und wieder warf er Andrea einen vielsagenden Blick zu. Natürlich wusste ich aus der Rollenverteilung, dass er den Gigolo spielte, der mit jeder Frau zu flirten hatte. Andrea saß ihm direkt gegenüber und ignorierte ihn komplett – vermutlich war das ihre Rolle. Er ging in seiner total auf. Gerade berührte er schon zum wiederholten Mal meinen Fuß, und jetzt kroch der Fuß sogar meine Wade hinauf! Erschrocken zog ich mein Bein zurück. Auch wenn Thorsten voll zum Gelingen unseres Krimidinners beitrug – das musste doch jetzt wirklich nicht sein! Außerdem sah das ja nun auch überhaupt niemand. Kein Mensch außer mir konnte das als weiteres Indiz dafür nehmen, dass er der hemmungslose Gigolo war, den er spielen sollte. Als Andrea ihn endlich einmal ansah, wurde sein Grinsen sofort noch breiter.

Hatte er etwa mein Bein mit dem von Andrea verwechselt? Eilig zog ich meine Füße komplett unter den Stuhl.

»Ich habe einen Drohbrief entdeckt«, erzählte Jürgen

Meier gerade und warf einen triumphierenden Blick in die Runde. »Lord F ist erpresst worden!«

»Und den Brief hast ausgerechnet du gefunden?«, fragte der Schmidkunz interessiert, der gerade voll aus der Rolle gefallen war. Ich hatte nämlich in der Rollenbeschreibung gelesen, dass der Schmidkunz nur einmal einen Anfall zu spielen hatte, bei dem er sich an den Hals fassen sollte. Und das, was er dabei sagte, sollte »Oh Gott!« sein und nicht »Und den Brief hast du gefunden?«.

»Steht da«, antwortete Jürgen entschuldigend.

»Und von wem bedroht?«, fragte die Vroni, auch komplett außerhalb ihrer Rolle.

»Das steht da nicht«, entschuldigte sich Jürgen und wurde immer kleiner.

»Das müssen wir doch herausbringen! Das wird sich schon noch alles aufklären. Weiter im Text!«, sagte Evelyn herrisch, während sie eine kurze Filmpause einlegte.

»Ich bin untröstlich!«, seufzte die Schmidkunz »Ihr redet gerade über meinen Vater! Ich bin in einem seelischen Ausnahmezustand!«

»Meine Güte, der VATER?!«, fragte der Schmidkunz erstaunt. Er schien seinen Text überhaupt nicht gelesen zu haben. »Wie alt war denn der Lord? Ich dachte, in unserem Alter!«

»Du hast doch überhaupt keine Sprechrolle! Iss einfach deinen Salat!«, empörte sich die Schmidkunz.

»Aber das ist wichtig«, maulte der Apotheker. »Ich dachte, Lord F ist so alt wie wir.«

»Ja. Und deine Frau ist jetzt fünfundzwanzig Jahre jünger als du«, erklärte die Vroni.

Der Apotheker grinste und hielt endlich den Mund, während er ein Ziegenkäsebällchen aus dem angerichteten Feldsalat aufspießte.

»Ich vermute, dass unser Gigolo hinter allem steckt!«, las Jürgen gänzlich ohne schauspielerisches Talent vor. »Und das nervt!« Auch das hörte sich nicht genervt an. »Er baggert hier jede Frau an, auch meine angebetete Lady Fauntleroy«, erzählte er weiter. Evelyn lächelte geschmeichelt. »Und ich vermute stark, er war schon mal mit ihr im Bett!« Jürgen wurde plötzlich leidenschaftlicher, seine Augen blitzten zornig, als würde er tatsächlich darunter leiden, dass Thorsten mit Evelyn im Bett gewesen war. »Und ich sage euch, ich lasse mir das nicht länger gefallen!«, brüllte er los. »Dass ihr mir ständig auf der Nase herumtanzt!«

»Schatz!«, sagte Andrea etwas erschrocken.

Jürgen zuckte zusammen und sagte verlegen: »Das steht da im Text.«

»Gut gespielt!«, lobte Vroni, und ich fragte mich ein wenig, ob ihm diese Stelle deshalb so leichtgefallen war, weil er sich in die Situation einfühlen konnte. Thorsten grinste, als würde ihm das alles komplett am Arsch vorbeigehen. Andrea schüttelte trotzdem den Kopf, als würde sie den Ausbruch ihres Ehemannes nach wie vor daneben finden.

»Die Zeit ist gekommen«, las nun Thorsten vor, nachdem er seinen Text konsultiert hatte. »Nun muss ich mich kurz verabschieden! Ich hoffe, ihr redet hinter meinem Rücken nicht schlecht über mich!« Seinem selbstgefälligen Gesichtsausdruck nach zu schließen, schien er genau damit zu rechnen. »Das, was ihr jetzt besprecht, darf ich nämlich auf gar keinen Fall erfahren!«

Das war ein etwas abrupter Übergang und nicht besonders toll gemacht von den Krimidinner-Autoren. Aber ich war ein klein wenig froh darüber. Endlich konnte ich meine Füße unterm Tisch wieder ausstrecken! Und irgendwie vermisste ich es total, dass Jonas mit am Tisch saß, am besten mir gegenüber, damit ich mit ihm füßeln und ihm nette Blicke zuwerfen konnte! In der nächsten Essenspause musste ich unbedingt mal nach ihm sehen, ob er etwas brauchte!

Beim Herausgehen drehte sich Thorsten noch einmal um und warf Nicole einen Blick zu. Diese sah ein bisschen aus, als würde sie gleich zu weinen anfangen, und ich musste an den kurzen Streit zwischen ihr und Thorsten in der Rezeption denken. Worum es da wohl gegangen war? Thorsten, der ewige Strahlemann, hatte richtig ärgerlich und unentspannt gewirkt. Clärchen kam zu mir getrottet und blieb ratlos vor mir stehen. Sie verstand nicht, weshalb wir nicht einen ganz normalen Fernsehabend verbringen und sie nicht wie sonst bei mir auf der Couch schlafen konnte. Als sich die Tür hinter Thorsten geschlossen hatte, legte sie sich trotz meiner Proteste wieder vor die geschlossene Esszimmertür.

Im Verlauf des weiteren Spiels erfuhren wir, dass Evelyn, pardon, Lady F, eine heimliche Schreibleidenschaft verfolgte und ihren Mann dazu gebracht hatte, ihr letztes Drehbuch zu verfilmen. Und zwar dummerweise ohne den Regisseur Jürgen, dem Lady F überhaupt nichts zutraute. Der hatte sich darüber natürlich rasend geärgert und versucht, Lord F. unter Druck zu setzen.

Seit Thorsten vom Tisch aufgestanden war, spielte Jürgen wieder total hölzern. Es hörte sich alles nach einem »Hoffentlich ist der Mist bald vorbei« statt nach einem leidenschaftlichen »Oh nein! Meine Karriere ist zu Ende!« an. Der Hetzenegger und der Schmidkunz hatten schon alles aufgegessen, was vor ihnen stand.

Nach etwa einer Viertelstunde trat eine größere Pause ein, und wir sahen uns gegenseitig an.

»Kommt jetzt der nächste Gang?«, wollte der Schmidkunz wissen. Ich stand auf, um die Suppenteller wegzubringen, weil der Hetzenegger schon wieder nicht reagierte.

»Wer ist denn jetzt dran?«, wollte die Vroni wissen. »Ich würde ja zu gerne wissen, was in meinem geheimen Tipp steht.«

Sie spielte mit dem Kärtchen. »Und wieso hast du keinen Tipp?«, fragte sie den Schmidkunz.

Weil er eine der Zusatzrollen hatte und sowieso nicht als Mörder infrage kam. Aber das wussten nur Evelyn und ich.

»Schaut doch mal alle in eure Texthefte, wer nach wem jetzt sprechen muss«, riet ich der Runde.

»Bei mir steht: Sprechen Sie nach James«, erklärte Jan.

»Bei mir steht: Sprechen Sie nach dem Showgirl Estelle«, sagte Evelyn. »Das gibt's doch nicht. Irgendeiner muss doch jetzt dran sein.«

»Bei mir steht, sprechen Sie nach dem Gigolo«, sagte der Hetzenegger.

»Aber der sollte doch das Zimmer verlassen«, wandte Andrea ein. »Und er ist noch gar nicht da. Müsste dann nicht in der Anleitung stehen, dass er geholt werden muss?«

Das war den Krimidinner-Machern wahrscheinlich nicht aufgefallen.

»Vielleicht hat er die Zeit vergessen«, schlug die Vroni vor. »Wir sollten ihn suchen gehen!«

Evelyn seufzte etwas genervt. Während wir alle die Stühle zurückschoben, um nach Thorsten zu suchen, zwitscherte sie vergnügt ins Handy.

»Was wird uns jetzt hier erwarten?«, fragte sie ihre

Zuschauer. »Wo werden wir den Playboy finden? Zusammen mit seiner nächsten Geliebten im Bett?«

Ich verschwand grinsend nach unten. Wahrscheinlich wartete er in der Rezeption darauf, dass wir ihn wieder holten. Doch in der Rezeption war Thorsten nicht.

»Vielleicht ist er kurz ins Klohäusl«, sagte die Schmidkunz. Als sie in ihren hohen Pumps einen Schritt nach draußen trat, schaltete sich die Außenbeleuchtung ein. Wir sahen hinaus in die Nacht. Während wir in unser Spiel vertieft gewesen waren, hatte es so viel geschneit, dass der gesamte Platz vor der Rezeption von einer neuen Schneeschicht bedeckt war. Inzwischen war der Himmel wieder klar, und in der Winternacht glitzerte der frische Schnee zauberhaft. Wir atmeten alle die kalte Luft ein, bis der Hetzenegger neben mir sagte: »Aber da sieht man ja seine Spuren!«

Wir blickten auf die Fußabdrücke, die aus der Rezeption die Treppe hinunterführten, hin zum Wohnmobil von Thorsten. Aber von dort führten sie auch wieder zurück zu uns. Man sah an den Fußtritten natürlich nicht mehr, ob er ins Haus gegangen war, weil wir als Gruppe direkt vor der Rezeption alle Spuren zertrampelt hatten. Doch er musste im Haus sein, weil keinerlei Fußabdrücke woandershin führten.

»Vielleicht hockt er oben bei dir auf der Toilette. Und wir sind eben an ihm vorbeigegangen«, sagte die Vroni zu mir. Der Hetzenegger hatte ihr sein Jackett um die nackten Schultern gelegt. »Mein Showgirl«, sagte er und zwinkerte ihr zu.

Da mir in dem dünnen Kleidchen ohnehin viel zu kalt war, um weiter draußen herumzustehen, ging ich nach oben in meine Wohnung, um nachzusehen, ob der Supercoach Thorsten vielleicht unter Verstopfung litt. Womöglich stand in seinem Textheft auch gar nicht, dass er aus dem Raum gehen sollte, sondern er hatte nur einen gewissen Stuhldrang verspürt.

Aber das Badezimmer war leer.

Im Esszimmer saß nur Evelyn am Tisch und kommunizierte mit ihren Fans.

»Noch ist nicht klar, was der Gigolo gerade treibt … was meint ihr? Stimmt ab, ist er der Mörder und lässt gerade Indizien verschwinden? Wählt Ja oder Nein!«

Auf die Idee wäre ich gar nicht gekommen. Aber ich zog gerne mein Handy heraus und stimmte für Ja.

»Diese Story lieben sie«, sagte sie mit leuchtenden Augen. »Das habe ich bis jetzt überhaupt noch nicht gehabt, dass so viele meiner Fans praktisch in Echtzeit alles kommentieren! In der letzten halben Stunde habe ich über zweihundert neue Abonnenten bekommen, das hat sich total rumgesprochen!«

»Schön«, sagte ich, während ich ein Gähnen unterdrückte, und sah ihr über die Schulter. Sie klickte auf die Story, und der Tanz der Showgirls begann. Zig Abonnenten hatten ihn mit diversen Reaktionen überschüttet, Herzen, konfettisprühende Tüten, klatschende Hände. Und das, obwohl ich die ganze Zeit nur angestrengt der Vroni auf die Füße gesehen und zeitversetzt ihre Schritte nachgeahmt hatte. Es wirkte von meiner Seite nicht besonders professionell, doch nachdem Vroni quasi bildfüllend abgebildet war, spielte es auch weiter keine Rolle.

Lautes Scheppern und Knallen aus der Küche unterbrach unsere Unterhaltung, und es roch plötzlich ziemlich intensiv nach angebranntem Fleisch.

»Also diese Nicole«, flüsterte Evelyn. »Ich will ja nicht sagen, dass sie unfähig ist, und vielleicht hat sie ein

Faible für ausgeklügelte Menüs. Aber mit Talent ist sie auf dem Gebiet nicht gesegnet.«

»Na ja, sag das nicht«, wandte ich ein. »Hast du den Nachtisch auf dem Balkon gesehen? Mousse au Chocolat auf goldenen Tellern, wunderschön dekoriert mit verschiedenen Beeren …«

Das sah einfach unglaublich professionell und lecker aus!

»Das hab ja auch ich gemacht«, schnaubte Evelyn. »Und das ist auch keine komplizierte Nachspeise, sondern Fertig-Mousse-au-Chocolat eines bekannten großen Herstellers. Bis jetzt haben wir noch nichts von dem gesehen, was Nicole selbst hergestellt hat. Sie macht eigentlich nur den Braten, und der riecht gerade etwas kokelig …«

Ich lief in die Küche und sah Nicole hektisch das Küchenfenster aufreißen, Pfannen auf den Herd knallen und ein brennendes Geschirrtuch in das Spülbecken werfen.

»Kann ich helfen?«, fragte ich, während ich eines meiner schönen karierten Geschirrtücher in Flammen aufgehen sah. Wenn ich Pech hatte, löste das den Feueralarm aus!

Nicole sah aus, als wäre sie kurz vor einem Zusammenbruch. Ihr Gesicht war rot, der Schweiß stand ihr auf der Stirn, und sie schien nicht mehr zu wissen, was sie als Nächstes tun sollte. Mit fahrigen Bewegungen brachte sie eine Rührschüssel in Sicherheit.

Eilig schaltete ich den Wasserhahn ein und löschte mein Geschirrtuch.

»Weißt du, wo dein Mann hingegangen ist?«

»Keine Ahnung. Ich war gerade beschäftigt …« Sie brach ab und redete nicht mehr weiter.

»Kann ich helfen?«, wiederholte ich mein Angebot,

obwohl ich nicht genau wusste, wie die Hilfe aussehen konnte. Außer vielleicht die Feuerwehr zu informieren.

»Nein, nein. Kein Problem. Kümmert ihr euch um das Krimidinner, ich bin … ich bin … gleich fertig …«

Wohl eher mit den Nerven als mit dem Essen, dachte ich, aber um sie nicht noch mehr zu beschämen, verließ ich die Küche.

Kapitel 5

»Alle sind auf der Suche nach dem Gigolo … kann es sein, dass er mehrere Geliebte hat?« Evelyn hatte sich schnell nachgeschminkt und sprach mit betont rauchiger Stimme ins Handy. »Schon von Anfang an war wohl jedem klar, dass Lady F seine momentane Angebetete ist.«

Wie Evelyn auf diese Idee kam, war mir rätselhaft, denn ich hatte nicht den Eindruck, dass Thorsten Evelyn irgendeine Aufmerksamkeit geschenkt hatte. Eigentlich hatte er sich hauptsächlich auf Andrea konzentriert. Und unter dem Tisch auf mich.

Evelyn filmte nun, wie sie die Treppe nach unten in die Rezeption lief. Die war verwaist, denn die anderen standen noch immer vor der Rezeption im Schnee und ratschten. Sehr zum Ärger von Evelyn, die mehr Action haben wollte.

»Manche Campingplätze haben halt für Wintercamper auch mehr Angebote«, hörte ich den Hetzenegger sagen.

Evelyn schaltete mit einem Schnauben ihr Handy aus.

»Ja, sagt mal! Habt ihr ihn gefunden und sagt mir nicht Bescheid?«

»Was für Angebote?«, fragte ich dazwischen.

»Na, zum Beispiel Aufenthaltsräume für Camper. Beheizt. Mit WLAN«, sagte der Hetzenegger.

»Das Café ist immer beheizt«, widersprach ich. »Einen besseren Aufenthaltsraum gibt es gar nicht!«

Sogar mit Törtchen, WLAN und einer sehr guten Kaffeemaschine!

»Oder eine Sauna«, fügte der Hetzenegger etwas kleinlaut hinzu, weil ich ärgerlich die Hände in die Taille stemmte.

»Eine Sauna«, schnaubte ich. Was denn noch alles?

»Und eine Suppenbar. Im Winter wäre das eine tolle Alternative zu den Pommes für die Kinder«, strahlte die Vroni. »Bei der Kälte tut ein heißes Süppchen nämlich richtig gut!«

»Habt ihr ihn jetzt gefunden?«, unterbrach Evelyn uns ärgerlich.

»Wir haben uns über Wintercamping unterhalten«, erklärte der Hetzenegger, den das mehr interessierte als die blöde Frage, ob der Gigolo spontan irgendeine Frau abgeschleppt hatte. Außerdem war ja jedem klar, dass alle Frauen anwesend waren. Ich persönlich war jedenfalls auf die Auflösung dieses Rätsels echt gespannt. Das Krimidinner war spannender als gedacht!

»Aber was steht denn in der Anleitung? Müssen wir vielleicht einen Hinweis öffnen?«, bohrte Evelyn nach. »Irgendeinen Tipp muss es doch geben. Wir können ihn doch jetzt nicht auf dem ganzen Campingplatz suchen!«

»Also, in meinem Plan steht nichts davon«, antwortete ich, weil sich alle nur schulterzuckend ansahen.

»Er muss im Haus sein«, sagte der Hetzenegger.

»Man sieht das doch im Schnee, er war bei seinem Wohnmobil und ist dann wiedergekommen.«

»Also dann, ausschwärmen, Leute!«, rief Evelyn im Kommandoton.

»So groß ist das Haus schließlich nicht«, rief die Vroni munter aus und klatschte begeistert in die Hände. »Das wäre ja gelacht, wenn wir ihn mit vereinten Kräften nicht finden!«

Hetzenegger und der Schmidkunz schienen vollkommen die Lust verloren zu haben, denn sie schlichen sich betont unauffällig hinauf in meine Wohnung. Ich fühlte mich verpflichtet, mich total reinzuhängen, schließlich war das Krimidinner mein Weihnachtsgeschenk. Ich ging direkt hinter Evelyn, weil ich keine Lust hatte, dass sie schon wieder meinen in Fransen gehüllten Hintern ihrer Fangemeinde präsentierte. Deswegen hörte ich, was sie gerade in ihre Story postete.

»Und nun hier, im Campingladen …« Sie kicherte. »Den hätten wir mal aufräumen können …«

Der Campingladen war im Winter geschlossen und wurde als Lagerfläche genutzt. Momentan standen da unsere Terrassenmöbel und die Bierbänke. Außerdem überwinterten hier die Geranien. Weil wir den Raum nicht heizten, herrschten optimale Bedingungen. Das sah zugegebenerweise nicht besonders fotogen aus, doch Evelyn machte unbeirrt weiter. Vielleicht hätte ich doch mal die ganzen braunen Blätter, die die Geranien verloren hatten, wegkehren sollen.

»Dann kann er eigentlich nur …«

»Bei Jonas im Bett liegen«, schlug ich spöttisch vor. Das war nämlich der einzige Raum, in dem wir noch nicht nachgeschaut hatten.

»Unsinn. Im Keller!«, rief Evelyn begeistert, und da hörten wir schon Rufe aus der offenen Kellertür.

Oh Mann! Musste das sein! Meinen Keller hatte ich in letzter Zeit überhaupt nicht in Ordnung gebracht. Also, eigentlich noch nie, seit ich hier wohnte.

Meine hohen Pumps waren überhaupt nicht geeignet für Kellerausflüge, aber brav trippelte ich hinter Evelyn her. Über ihre Schulter hatte ich nun den schummrig beleuchteten Gang im Blick. Vor meinem Heizungskeller standen Jürgen und die Vroni. Die Vroni hielt sich mit einer Hand den Mund zu und hatte erschrocken die Augen aufgerissen. Unter der nackten Glühbirne an der Decke sahen die beiden so bleich aus wie Gespenster. Jürgen sagte pathetisch: »Hier ist er! Ich befürchte, er ist tot!«

Das hätte er nun ein bisschen besser spielen können, wie ich fand. Denn es klang weder erschrocken noch ängstlich, sondern ziemlich heiter. Aber wer wusste schon, wie ein Regisseur reagierte, wenn er einen toten Frauenschwarm fand, den er überhaupt nicht leiden konnte?

»Da haben wir ihn ja auch schon«, sagte Evelyn mit geheimnisvoller Stimme. »Und wer hat ihn gefunden? Das Showgirl Estelle und der Regisseur! Haben die beiden etwa auch etwas miteinander?«

Die Vroni kicherte und stieß Jürgen an.

»Ich habe nur bis Stopp gelesen«, sagte sie. »Kann ich jetzt nicht ausschließen!«

»Und hier haben wir auch schon den Gigolo!«

Ich sah an Evelyns Rücken vorbei in meinen Heizungskeller, wo sich Thorsten einfach auf den Boden gelegt hatte. Mit seinem schönen Anzug mitten in den Dreck! Das fand ich jetzt schon mal ein sehr engagiertes Spiel. Vermutlich hätte ich mir an seiner Stelle eine der Liegestuhlauflagen aus dem Campingladen mitgenommen, um mir das Kleid nicht zu ruinieren. Aber Thorsten wusste natürlich nichts von irgendwelchen Liegestuhlauflagen.

»Da liegt er nun, ermordet!«, kommentierte Evelyn das Geschehen. »Keiner von uns hat geahnt, dass es im Laufe des Krimidinners gleich zwei Tote geben würde!«

Vor allen Dingen in meinem Keller. Was, wenn wir ihn nicht gesucht hätten? Dann hätte er da jetzt stundenlang liegen müssen!

Inzwischen war hinter Evelyn auch Jan aufgetaucht. »Oh, und auch der russische Ehemann des Showgirls ist da … Hatte dieses etwas liederliche Frauenzimmer etwa eine Affäre mit dem alternden Gigolo? Was meint ihr?«

Sie filmte erst mir ins Gesicht – schließlich war ich das liederliche Showgirl, das es moralisch nicht so genau nahm – und dann wieder in meinen Heizungskeller. Jetzt wäre der Moment gewesen, wo uns Thorsten hätte zuzwinkern können, doch das tat er nicht.

Natürlich nicht.

Denn Evelyn filmte noch immer voll auf ihn drauf, und da durfte er sich selbstverständlich keine Schwäche geben!

»Müssen wir noch nach Spuren suchen?«, fragte Evelyn in die Kamera. Sie ließ die Kamera über den dreckigen Boden meines Heizungskellers filmen, wirklich in jede kleinste Ecke. Ich bereute, dass ich nicht die gesamte Anleitung gelesen hatte. Dann hätte ich nämlich noch den Heizungskeller ordentlich gewischt, die alten Blumentöpfe in der Ecke weggeräumt und die Spinnweben aus dem Fensterrahmen entfernt!

Evelyn seufzte und hörte auf zu filmen.

»Das Internet im Keller ist echt schlecht«, sagte sie, als sie bemerkte, dass die Story gar nicht hochgeladen wurde. Ihre Stimme war jetzt wieder, wie sonst auch, ein verlässliches Zeichen dafür, dass sie nicht mit ihren Fans kommunizierte.

»Konnte ich ja nicht ahnen, dass du mal in meinem Keller deine Stories drehen würdest«, sagte ich kopfschüttelnd.

Mir wurde langsam kalt, und ich hoffte, dass wir bald wieder an der fein gedeckten Tafel sitzen und endlich zum nächsten Gang übergehen konnten.

»Dann lasst uns wieder raufgehen«, sagte Vroni und setzte sich zusammen mit Jürgen in Bewegung. Auf der Treppe hörte ich, dass sie zu ihm sagte: »Bin ja echt gespannt, wie das alles zusammenhängt. Und dann noch das feine Essen – so ein Krimidinner ist eine tolle Sache! Ich finde, das könnten wir häufiger machen.«

Die Antwort von Jürgen hörte ich nicht mehr.

»Der arme Thorsten. Als Leiche kann er natürlich nicht mehr mit uns am Tisch sitzen«, sagte Evelyn bedauernd und stupste Thorsten an. »Aber du kannst ja bei deiner Frau in der Küche essen! Natürlich bekommst du genau das gleiche Essen wie wir.«

»So ein Unsinn. Natürlich darf er bei uns mit am Tisch sitzen«, widersprach ich. »Genau wie seine Frau. Das ist doch alles nur ein Spiel!«

Evelyn seufzte. Für sie war das alles kein Spiel.

»Na ja. Wenn er nicht mit im Bild ist, müsste es gehen … Und ich dachte, dass es während des Dinners keine Leiche gibt. Das ist irgendwie blöd gelöst, findest du nicht auch? Dass dann einer nicht mitessen soll, das ist für den betreffenden Gast doch nicht so schön.«

»Ja, finde ich auch«, stimmte ich zu und sah auf Thorsten hinab.

Der hielt mit seinem Spiel auf jeden Fall erstaunlich lange durch, er bewegte sich rein gar nicht, man sah nicht einmal, wie sich sein Brustkorb hob und senkte.

»Vielleicht muss man die vorbereitende Anleitung doch besser lesen«, meinte Evelyn und wollte sich gerade umdrehen. »Dann hätten wir Thorsten durch eine Doppelrolle besetzt.«

Hinter mir tat es einen riesigen Schlag, und als ich mich umdrehte, lag auch noch Jan auf dem dreckigen Boden.

»Gehört das jetzt zum Spiel?«, fragte ich vorsichtig.

Dem fahlen Gesicht von Jan nach zu schließen, nicht. Wir gingen beide neben ihm in die Hocke, und Evelyn tätschelte ihm die Wange.

»Mein Junge!«, sagte Evelyn etwas entnervt. »Wir hätten vielleicht doch gleich essen sollen. Die jungen Leute im Wachstum, die kriegen schnell so einen schlechten Kreislauf.«

Im Wachstum war dieser Jan jedenfalls nicht, er war schließlich schon dreiundzwanzig Jahre alt.

»Wir hatten schon Brot, Suppe und einen Aperitif«, erinnerte ich sie, während ich die andere Wange von Jan tätschelte. »Soll ich den Krankenwagen rufen?«

»Du sollst Thorsten sagen, er soll seinen Arsch nach oben bewegen«, sagte Evelyn so laut, dass es Thorsten auch ohne mich verstehen musste. »Und Andrea fragen, ob ihr Sohnemann irgendwelche Medikamente braucht. Vielleicht ist er Diabetiker.«

Aber Thorsten dachte nicht daran, sein Spiel zu unterbrechen. Energisch rüttelte ich nun am linken Bein von Thorsten, um ihn zum Aufstehen zu bewegen.

Genug der Schauspielerei!

»Himmel!«, stieß ich im selben Moment entsetzt hervor.

»Die heutige Jugend«, sagte Evelyn genervt.

»Der ist tot!«

»Der ist nicht tot. Wahrscheinlich hat er zu viel Champagner auf nüchternem Magen getrunken«, erklärte sie mir. »Ich hab doch gesehen, dass er nicht nur seinen Champagner getrunken hat, sondern auch noch den von Andrea. Will nicht ausschließen, dass er auch noch den von seinem Vater hinterhergekippt hat.«

»Ich finde keinen Herzschlag!«, stieß ich panisch hervor. »Wir müssen ihn wiederbeleben.«

»Er atmet ganz normal.«

»Thorsten!«, kreischte ich. »Der atmet überhaupt nicht.«

Endlich verstand Evelyn, und während ich versuchte, eine Herzdruckmassage durchzuführen, telefonierte Evelyn mit dem Rettungsdienst, mit Jonas und mit Vroni. In dem Moment war ich unendlich froh, dass Evelyn schon eine richtige Routine im Umgang mit Leichen entwickelt hatte.

Jonas war als Erster bei uns.

Er hatte ja auch nur hinunter in den Keller gehen müssen. Noch immer trug er seinen neuen blauen Schlafanzug, den ich ihm zu Weihnachten geschenkt hatte. Der war von seinem letzten Fieberschub schon ganz nass geschwitzt. An seinen nackten Füßen trug er die alten Flipflops meiner Nonna, die ihm zu klein waren. Seine Augen glänzten fiebrig, und als er sich bückte, fiel er fast vornüber auf Thorsten drauf.

»Weitermachen«, sagte er zu mir und hielt sich dann eine Weile an dem roten Heizungskessel fest. Ich machte mit den Wiederbelebungsmaßnahmen weiter.

»Du holst dir den Tod!«, keuchte ich Jonas an. »Geh sofort nach oben und zieh dir was Trockenes an! Oder leg dich ins Bett und bleib dort!«

»Ja, hier kannst du uns nicht helfen«, stellte Evelyn fest, die auch keinerlei Anstalten machte, mir zu helfen.

Thorsten war noch warm, als würde er noch leben, und sein Brustkorb hob und senkte sich durch meine Bemühungen, als würde er tatsächlich noch atmen.

Als die Sanitäter kamen, wussten sie nicht genau, wen sie denn nun mitnehmen sollten. Jan, Thorsten, Jonas oder mich. Denn nach dem ganzen Wiederbelebungsmist lag ich auch neben Jan und rang nach Luft. Meine Mühe war auf jeden Fall vergebens gewesen.

Die Sanitäter entschieden sich dann erst einmal, Jan mitzunehmen. Jonas wurde von der Vroni wieder nach oben in die Wohnung eskortiert, während ich frierend in der Rezeption neben der Trage von Jan stand und den Tropf hielt. Obwohl ich mir den riesigen roten Elch-Pullover angezogen hatte, den Evelyn in der Rezeption vergessen hatte, fror ich so sehr, dass meine Zähne aufeinanderschlugen. Gerade als die Sanitäter Jan rausfahren wollten, hörten wir einen Aufschrei aus dem ersten Stock, und jemand kam über die Treppe heruntergetrampelt.

Nicole!

Oh nein, daran hatte ich noch gar nicht gedacht! Jemand musste natürlich Nicole sagen, was passiert war! Aber vielleicht hätte man das auf einen Zeitpunkt verschieben können, an dem die Sanitäter mehr Zeit hatten. Nicole war natürlich komplett hysterisch. Einer der Sanitäter hielt sie davon ab, in den Keller zu laufen. Sie schrie so penetrant neben uns, dass sogar Jan wieder die Augen öffnete.

»Nicole!«, brachte Jan krächzend hervor. »Nicht!«

Nicole stand so unter Schock, dass sie um sich herum rein gar nichts wahrnahm, sondern nur wild um sich schlug. Beinahe hätte sie mich und den Tropf erwischt, und nur mit Hilfe vereinter Kräfte konnte sie davon abgehalten werden, in den Keller zu stürmen.

»Mein Thorsten«, wimmerte sie, und ihre Gesichtsfarbe nahm einen graugrünen Schimmer an, bevor ihr plötzlich die Beine wegsackten.

Inzwischen war die Rezeption komplett überfüllt. Ich stand zwischen Jan und Nicole, die beide am Boden lagen, und hielt zwei Infusionsflaschen. Wir hörten Sirenen schnell näher kommen, ein zweiter Krankenwagen, ein Polizeiwagen, ein Notarztwagen, wie ich erkennen konnte. Die Neuankömmlinge konnten gar nicht zu uns herein, so viele Menschen lagen und knieten am Boden.

»Was soll denn das!«, hörten wir draußen den Brunner fluchen und schimpfen.

Als wäre es meine Schuld, dass meine Rezeption zu klein war, um mehrere ohnmächtige Personen und Hilfspersonal zu beherbergen. Aber ich wollte mich nicht beschweren, allein die brummige Stimme vom Brunner ließ mich ruhiger werden.

»Kommissar Felix Fellner, Kripo Regensburg«, sagte eine sehr jugendliche Stimme von draußen. »Wie viele Leichen haben Sie denn nun?«

Bei den vielen hier herumliegenden Personen eine berechtigte Frage.

Als ich endlich die Infusionsflaschen abgeben konnte, drückte ich dem Kripobeamten schnell die Hand.

»Eine«, sagte ich.

Wenn man Lord Fauntleroy nicht mitzählte. »Im Keller!«

»Moment!«, unterbrach mich Fellner. »Keiner verlässt hier den Raum! Alle müssen sich für eine Befragung bereithalten.«

Der Notarzt sah ihn an, als hätte er nicht mehr alle Tassen im Schrank.

»Die nehmen wir alle mit«, sagte er.

Kapitel 6

Leider meinte er damit nicht mich.

Ich musste Fellner in den Keller zu Thorsten führen, was mich große Überwindung kostete.

»Ich brauche Sie dann gleich noch mal«, erklärte er mir, als ich mich verdrücken wollte. »Wenn ich mir den Tatort genauer angesehen habe …«

Das konnte er gerne ohne mich machen. Ich stieg wieder hinauf in die Rezeption, wo mich Clärchen mit größter Begeisterung empfing und so vergnügt an mir hochsprang, als wäre all das ein großes Spiel. Genauso begeistert begrüßte sie im Übrigen auch den Stein, unseren Rechtsmediziner, und die beiden Damen von der Spurensicherung, die gerade ankamen.

Der Stein gab mir ein Küsschen auf die Wange, während mir Erika und Lilly von der SpuSi nacheinander tröstend den Arm tätschelten. Irgendwann würden wir wahrscheinlich richtig dicke Freundinnen werden. So genau wie die beiden kannte keiner meinen Campingplatz und jetzt auch mein Haus, wahrscheinlich nicht einmal ich.

»Da runter. Der vierte Raum links«, sagte ich und hielt Clärchen davon ab, allen den Weg zu weisen.

Einmal tief durchatmen, dachte ich mir und riss die Tür nach draußen auf.

Wie war das nun schon wieder passiert?

Im Schein der Außenbeleuchtung sah ich diverse Autos, die wild durcheinanderstanden. Der Polizeiwagen vom Brunner hatte noch immer das Blaulicht an, die Fahrertür stand offen. Die gespenstisch blauen Blitzlichter zuckten durch die Nacht, bis hinunter zu den Bäumen am See, den Wohnwägen meiner Dauercamper und den Wohnmobilen meiner Gäste. Nur im Wohnwagen von Gröning sah man hinter verschlossenen Gardinen ein Licht brennen – seine Leselampe, denn am Abend widmete sich der Gröning immer der Lektüre philosophischer oder naturkundlicher Schriften. Da er schwerhörig war, hatte er bestimmt überhaupt nichts von der ganzen Aufregung mitbekommen!

In dem Moment machte ich hinter dem Polizeiwagen eine dunkle Gestalt aus. Hatte der Gröning doch das Blaulicht gesehen, geisterte nun herum und fragte sich, was da wohl geschehen sein mochte? Noch bevor ich mich dazu entschließen konnte hinauszugehen, erkannte ich, dass die Silhouette nicht die vom Gröning war – dazu war sie viel zu breit.

Ein dunkler langer Parka, der um die nicht vorhandene Taille festgezurrt war, und eine unförmige Mütze – das war doch die Enkelin von Hildegard, deren Namen ich schon wieder vergessen hatte!

Was trieb sich die denn schon wieder hier herum? Natürlich hatte Evelyn noch keine Zeit gehabt, mit ihr zu sprechen.

Und wie es aussah, war sie schon wieder am Filmen! Als ich einen Schritt ins Freie trat, um ihr das zu verbieten, fiel mir auf, dass ich mit meinen hochhackigen Pumps auf dem rutschigen Untergrund keinen Meter weit kam. Ärgerlich trat ich zurück in die Rezeption, um dort in die alten Winterstiefel zu schlüpfen, als die Kellertür aufging und Felix Fellner herauskam. Begeistert begrüßt von Clärchen, als würde sie ihn schon seit Jahren kennen.

»Ich bräuchte Sie dann jetzt noch mal«, sagte er.

Ich ließ meine UGGs stehen, und statt Hildegards Enkelin die Leviten zu lesen, gab ich eine kommentierte Führung durch meine Kellerräume. Das war eine ziemlich peinliche Angelegenheit. Nicht nur wegen der abgestorbenen Geranien, die wahrscheinlich hier seit dem Tod meiner Nonna vor drei Jahren eintrockneten, sondern auch wegen des vielen Gerümpels im hintersten Kellerraum und des komplett überfüllten Waschraums, den meine Dauercamper im Winter ungefragt zum Trockenraum umfunktionierten.

»Das bedeutet, alle Camper haben Zugang zu Ihrem Keller«, stellte Fellner fest, während ich auf die rosaweiß gestreiften Handtücher von Vroni starrte und die lange Reihe unterschiedlich großer Handschuhe, die zum Trocknen aufgehängt waren.

»Nun. Ja«, sagte ich, während ich weiterging, um die Tür zu meinem »Fahrradkeller« zu öffnen.

Wenn man sich die eigenen Räumlichkeiten aus dem Blickwinkel anderer Leute ansah, veränderte sich seltsamerweise der Inhalt auf erstaunliche Weise. Was vorher einfach nur ein Kellerabteil mit dem alten Fahrrad meiner Nonna gewesen war, war plötzlich vollgestopft mit schlecht gestapelten und zugestaubten Bananenkisten, in denen wer weiß was lagerte. Vermutlich hätte das nicht einmal meine Nonna gewusst, würde sie noch leben. Einer der Kartontürme war gegen den antiken Waschkessel gekippt. Der war mir bis heute noch gar nicht aufgefallen!

»Also konnte hier jeder jederzeit hinein«, stellte Fellner weiterhin fest. »Auch Leute, die gar nicht auf dem Campingplatz wohnen.«

»Tagsüber ja«, sagte ich, während mich Fellner davon abhielt, mit dem Besen ein bisschen den gröbsten Dreck wegzukehren. »Schließlich gelangt man über die Rezeption in den Keller.« Aber wer außerhalb des Campingplatzes hätte einen Grund, in meinen Keller zu gehen? So toll war der, wie man sah, ja überhaupt nicht.

»Da darf nichts verändert werden«, sagte er streng und nahm mir den Besen weg.

Ich sah schon die SpuSi-Tanten vor mir, die nach all den Morden und Spurensicherungsaktivitäten in meinem privaten Umfeld ohnehin den Eindruck haben mussten, dass ich weder zum Aufräumen noch zum Putzen fähig war.

»Und die Rezeption ist immer offen«, fragte Fellner, während er den Besen wieder in die Ecke lehnte.

»Ähm. Nein. Nicht immer«, widersprach ich. »Wenn ich ins Bett gehe, sperre ich die Rezeption ab.«

Also meistens. Oder hin und wieder.

»In der Nacht ist also immer abgeschlossen.«

»Wir hatten heute Abend ja Gäste«, erinnerte ich ihn. »Da hatte ich natürlich die Rezeptionstür nicht abgesperrt. Schließlich wären die Gäste später ja noch zurück zu ihren Wohnwägen gegangen.«

»Und die Kellertür war somit auch nicht versperrt«, wollte er es ganz genau wissen.

Natürlich war die Kellertür nicht verschlossen.

Ich wusste ja nicht einmal, ob und wo ich einen Schlüssel zu dieser Tür hatte!

Nach einer gefühlten Ewigkeit und ziemlich durchgefroren durfte ich schließlich wieder in meine Wohnung. Dort saß ziemlich bedröppelt die ausgedünnte Krimidinner-Gesellschaft und starrte auf ihre leeren Teller. Jan und Nicole waren im Krankenhaus, Jürgen und Andrea waren ihrem Sohn hinterhergefahren, und Thorsten lag wahrscheinlich noch tot im Keller.

Jonas hatte es wieder ins Bett geschafft. Als ich kurz nach ihm sah, war er noch immer glühend heiß und nickte nur apathisch auf meinen Kommentar: »Felix Fellner ermittelt.« Zu gerne hätte ich gewusst, ob dies der »junge Kollege« war, von dem Jonas einmal gesagt hatte, dass er noch total grün hinter den Ohren sei. Außerdem hätte ich noch tausend andere Fragen auf den Lippen gehabt, aber Jonas schloss die Augen und hatte sehr offensichtlich keinen Gesprächsbedarf.

»Vielleicht hätte ich ihn auch mit ins Krankenhaus schicken sollen«, sagte ich, als ich mich zu den anderen ins Esszimmer setzte. »Den hat's ganz schön erwischt.«

»Dem machen wir ein schönes Hühnersüppchen«, tröstete mich die Vroni. »Davon wird er ganz schnell wieder gesund!«

»Ich versteh das alles nicht«, klagte ich und tätschelte Milo den Schädel, den er tröstend auf meinem Schenkel abgelegt hatte. »Ich meine, wie konnte das passieren?«

»Vielleicht hatte er gesundheitliche Probleme«, versuchte Evelyn mich zu trösten. »Das kann man ja jetzt noch gar nicht wissen!«

Ich konnte mir keine Gesundheitsprobleme vorstellen, die einen dazu zwangen, in meinen Heizungskeller zu gehen.

»Darf ich den Salat essen?«, fragte der Hetzenegger, jetzt gar nicht mehr butlerhaft. »Wär doch schad drum, wo sich meine Mausi so viel Mühe gegeben hat.«

»Mein festlicher Himbeer-Ziegenkäse-Salat. Mit einem himmlischen Himbeer-Dressing«, fügte die Vroni hinzu.

Die Schmidkunz spießte ein Ziegenkäsebällchen auf und schob es sich in den Mund. »Lecker«, stellte sie mit frustrierter Stimme fest.

»Himbeeren zerdrücken, mit Olivenöl, Honig, Himbeeressig und Dijon-Senf vermischt und drüber. Das Beste, das ich jemals gegessen habe«, sagte die Vroni sehr traurig und spießte sich ein paar Blätter Feldsalat auf die Gabel. »Hab ein ganz schlechtes Gefühl, wenn wir jetzt so leckeres Essen genießen.«

Davon wurde Thorsten auch nicht lebendig!

»Meine Fans behaupten, dass Thorsten sehr wahrscheinlich vergiftet wurde«, erzählte Evelyn und zog ihren Salatteller zu sich.

»Ein Mord ist sehr unwahrscheinlich«, antwortete ich. »Und heute werden wir das auch nicht mehr erfahren.«

»Ermordet?«, fragte die Schmidkunz, etwas irritiert.

»Und wenn er vergiftet wurde – womit?«, machte Evelyn trotz meiner Einwände weiter und nahm sich die Gabel. »Ob sich das Gift wohl im Salat befindet?« Mit diesen Worten nahm sie sich eine Himbeere und steckte sie sich genüsslich in den Mund.

»Was?«, kreischte die Schmidkunz. »Wieso sagt ihr das erst jetzt?«

»Hallo! Ich vergifte euch doch nicht!«, wandte die Vroni kopfschüttelnd ein.

»Was haben wir denn davor gegessen?«, fragte die Schmidkunz, immer noch ziemlich panisch.

»Die Kürbissuppe mit dem steirischen Kürbiskernöl«, sagte Evelyn, und ich spürte plötzlich einen Druck in der

Magengegend. Hatte das Öl nicht komisch geschmeckt? Irgendwie bitter?

»Ich glaube, ich muss mich erbrechen«, murmelte die Schmidkunz, der es bis eben noch prima gegangen war.

»Ich nicht«, sagte der Schmidkunz ärgerlich. »Jetzt bild dir bloß nichts ein. Die Suppe hast du doch selbst gemacht! Es ist auch gar kein Mord passiert!«

»Genau. Wir wissen noch gar nicht, wie Thorsten gestorben ist«, versuchte ich alle zu beruhigen.

»Die Cocktails«, fuhr die Schmidkunz unbeirrt fort. »Die haben doch ein bisschen eigenartig geschmeckt.«

»Die habe ich gemacht«, erwiderte die Evelyn beleidigt. »Die haben überhaupt nicht komisch geschmeckt. Das war sauteurer Champagner!«

Ich tätschelte jetzt Evelyns Hand statt Milos Kopf.

»Ich wollte eine tolle Party organisieren und niemanden umbringen! Wie kommt ihr nur auf solche Ideen!«

Wir atmeten kollektiv einmal tief durch. Aber von seinem Salat aß nun doch niemand mehr.

»Es war auf keinen Fall Mord«, stellte ich mit sehr bestimmter Stimme klar. »Wir haben alle hier am Tisch gesessen. Und Nicole hat in der Küche mit dem Braten gekämpft. Wer sollte ihn denn umgebracht haben?«

Eine Weile war es ganz still in der Runde. Das konnten alle bezeugen, dass wir um den Tisch gesessen hatten. Und nur Thorsten hatte die Runde verlassen!

»Hört euch an, was meine Fans geschrieben haben!« Evelyn scrollte sich durch die Kommentare. *Wie ist er denn gestorben?*, fragte jemand, und ein anderer kommentierte, dass die wichtigste Frage doch lautete, wieso im Heizungskeller, schließlich habe er ja am Krimidinner teilgenommen.

»Vielleicht war es ihm zu kalt«, schlug die Vroni vor,

als könnten Evelyns Fans sie hören. »Ich find ja auch, ein bisserl fußkalt hast du es schon hier oben.«

Ich verdrehte die Augen. Als würde ein Gast deswegen in den Heizungskeller gehen. Ohne mich vorher zu fragen!

»Hört euch an, was meine Fans sagen: *Ich habe dieses Krimidinner auch schon gespielt,* sagt krimimimix34. *Bei uns musste keiner den Tisch verlassen, und es wurde auch kein zweites Opfer gefunden!*«

Natürlich nicht. Das war ja jetzt ein echter Todesfall. Das hatten die Fans von Evelyn noch nicht begriffen.

Wir alle sahen zu dem Platz, auf dem Thorsten gesessen hatte. Er hatte seinen Salat auch nicht angerührt gehabt, doch sein Champagner war ausgetrunken – vielleicht auch von Jan, der neben ihm gesessen hatte. Auch die Lachs-Spinat-Rolle lag noch zum größten Teil auf seinem Teller. Davor lag noch immer der Hinweis, den er im Verlauf des Spiels bekommen hätte.

»Welches davon ist denn sein Rollenheft?«, fragte Evelyn und beugte sich über den Tisch, um eines von den Heften in die Hand zu nehmen, die dort verstreut herumlagen. »Da müsste doch stehen, ob irgendetwas in Richtung Heizungskeller planmäßig vorgesehen war.«

»Liegen lassen!«, befahl die Schmidkunz resolut. »Wer weiß, was für Fingerabdrücke wir darauf finden!«

»Meine«, schlug ich vor. Das war doch jetzt tatsächlich albern! Es hatte doch auch niemand die Rollenhefte von jemand anderem genommen. »Und die von Thorsten natürlich.«

»Und die des Mörders«, erklärte die Schmidkunz.

Ihr Mann stöhnte auf, während Evelyn aufsprang und in die Küche lief. Man hörte ein Klappern und Fluchen, und dann roch es ganz furchtbar angebrannt, als würde die Küche in Flammen stehen.

»Keiner hat an den Braten gedacht!«, hörten wir Evelyn schreien.

Natürlich nicht! Einer unserer Gäste war tot, zwei unserer Gäste waren im Krankenhaus, da hatte niemand an das Filet vom Charolais-Rind gedacht. Auch ich lief in die Küche und half Evelyn, den stinkenden Braten erst einmal auf dem Balkon zu parken.

»Himmel! Das gute Stück Fleisch!«, klagte Vroni. »Ich habe mich schon so darauf gefreut!«

»Das hätten wir sowieso nicht gegessen. Wegen der Vergiftungsgefahr ...«, wandte die Schmidkunz ein.

Ich verdrehte die Augen und sah Evelyn zu, wie sie das Kästchen unter dem Spülbecken aufmachte und meine rosa Putzhandschuhe herauszog.

»Da wollen wir doch mal sehen, was in Thorstens Anleitung stand!«, sagte sie zufrieden. »Mach mal ein kleines Video von mir.«

Sie streifte sich die Handschuhe über.

»Du meinst, du mit Fransenkleidchen und Putzhandschuhen?«, fragte ich nach und musterte ihr seltsames Outfit skeptisch. »Du spinnst ja komplett. Daraus kannst du keine Story machen ...«

Evelyn nahm die Rollenhefte in die Hand. »Das ist das von Jan. Das hier ist das von Jürgen. Wo ist das von Thorsten?«

Jeder schlug das Rollenheft auf, das vor ihm lag, aber jeder fand nur sein eigenes.

»Vielleicht hat er es ja mitgenommen«, schlug ich vor.

»Dann müssen wir also in den Keller«, stieß Evelyn triumphierend hervor.

Ich konnte Evelyns Ermittlungseifer gerade noch bremsen. »Wir haben doch noch das gesamte Regieheft mit allen Rollen, das bei der Krimidinner-Anleitung mit dabei war«, wandte ich ein und stand auf. Ich kippte den ganzen Karton auf den Tisch, und wir suchten Thorstens Part heraus. Gemeinsam beugten wir uns über das Textheft.

»Daran kann ich mich noch erinnern«, sagte die Schmidkunz und zeigte auf einen der letzten Sätze von Thorsten. Ihr Finger rutschte weiter nach unten.

»Daran kann ich mich auch erinnern, aber diesen Satz hat er noch nicht gesagt … Da steht auf jeden Fall nichts davon, dass er den Raum hätte verlassen sollen«, meinte die Vroni stirnrunzelnd.

»Kann sich noch jemand erinnern, was er genau gesagt hat?«, wollte ich wissen.

Evelyn holte ihr Handy heraus.

»Gut, dass ich meine Story gemacht habe«, sagte sie zufrieden. »Das können wir uns jetzt in aller Ruhe anhören.«

Evelyn wischte und klickte auf ihrem Handy herum.

»Du hast doch überhaupt keine Sprechrolle! Iss einfach deinen Salat!«, hörten wir die Schmidkunz empört sagen.

»Aber das ist wichtig«, maulte gerade ihr Mann. »Ich dachte, Lord F ist so alt wie wir.«

»Ja. Und deine Frau ist jetzt fünfundzwanzig Jahre jünger als du«, sagte die Vroni aus dem Off.

Für einen kurzen Moment war es still, man hörte nur das Klappern des Bestecks. Neugierig stand ich auf und stellte mich hinter Evelyn. Es war gespenstisch, dem quicklebendigen Thorsten dabei zuzusehen, wie er das Rollenheft in die Hand nahm! Mit seinem gewohnt breiten Grinsen las er vor, was er angeblich zu sagen hatte: »Nun muss ich mich kurz verabschieden! Ich hoffe, ihr redet hinter meinem Rücken nicht schlecht über mich.«

Die Schmidkunz fuhr mit ihrem Zeigefinger die Zeilen des Textheftes entlang. »Ich finde da nichts!«

Ich stellte mich hinter die Schmidkunz und las Thorstens Text mit. Tatsächlich stand da nichts dergleichen!

»Das klingt zwar wie vorgelesen, aber es ist schlicht und einfach erfunden«, erklärte ich den anderen.

Vroni hatte richtig rote Bäckchen bekommen, sie schlug mit der flachen Hand auf den Tisch, die Gläser klirrten.

»Du glaubst es nicht!«, stieß sie begeistert hervor. »Er hätte den Raum gar nicht verlassen müssen!«

»Nein«, bestätigte ich.

»Wenn das nicht in seinem Textheft steht, hat er freiwillig den Tisch verlassen«, fasste Evelyn unsere Überlegungen zusammen.

»Also, ich würde sagen, das ist jetzt ein toller Ermittlungsansatz!«

Bevor Evelyn zur Tat schreiten konnte, kam Gott sei Dank Felix Fellner zu uns in die Wohnung, wieder stürmisch begrüßt von Clärchen.

Er blickte etwas ratlos auf unsere Tafel, während Evelyn ihm bereitwillig unsere Ermittlungsergebnisse offenbarte.

»Außerdem hat der Hauptkommissar gesagt, dass alles Essen eingetütet werden muss«, erzählte Evelyn geschäftig. »Nicht, dass da etwas übersehen wird. Schließlich besteht die Möglichkeit, dass Thorsten vergiftet worden ist.«

»Welcher Hauptkommissar?«, fragte ich skeptisch nach, da gerade nur Felix Fellner vor uns stand.

»Na, Jonas«, erklärte mir Evelyn augenrollend.

Ich grübelte ein bisschen darüber, wann Jonas das gesagt haben könnte. So, wie er bei seiner kurzen Episode im Keller ausgesehen hatte, war er keines klaren Gedankens fähig gewesen.

»Und Sie sollen ihn auf dem Laufenden halten«, machte Evelyn weiter. »Einfach Sofia alles erzählen, die informiert ihn dann umgehend.«

Fellner nickte, und seltsamerweise sah er etwas erleichtert aus, als würde dadurch die Ermittlungslast von seinen Schultern genommen werden.

Jetzt war mir klar, dass Evelyn gerade ziemlich flunkerte. Denn Jonas würde niemals einem anderen Kommissar, und bestimmt auch keinem blutigen Anfänger wie Fellner vorschreiben, wie er seine Ermittlungen zu planen hatte, und vor allen Dingen würde er ihn keinesfalls darum bitten, ausgerechnet mich über den Ermittlungsstand zu informieren.

»Lag denn nun neben der Leiche ein Rollenheft?«, gab Evelyn dem Kommissar gleich den Anstoß, sein Wissen zu teilen.

»Evelyn!«, warnte ich.

»Nein, da war kein Papier«, verriet uns Fellner bereitwillig.

»Das war der Platz von Thorsten«, erzählte Evelyn weiter und deutete auf die halbe Lachs-Spinat-Rolle. »Hat er nur halb gegessen. Das muss als Allererstes eingetütet werden!«

»Aber die Nachspeisen müssen doch wohl nicht mitgenommen werden?«, fragte der Hetzenegger betrübt und betrachtete das Buffet, das nun nicht mehr zum Verzehr freigegeben war. Bei irgendjemandem protestierte der Magen mit lautem Knurren, aber das half uns jetzt auch nicht.

Da in Kürze die Spurensicherung ihre Arbeit an unserer Tafel beginnen würde, verließen wir alle das Esszimmer und setzten uns in mein Wohnzimmer. Dort lag mein alter Milo neben der Couch und schlief tief und fest. Während wir schweigend dasaßen, sah ich, dass

Milos Pfoten zuckten. Wahrscheinlich lief er gerade im Traum als junger Hund beschwingt durch einen Wald!

Kapitel 7

Leider musste ich trotzdem noch einmal in den Keller. Unsere wohlbekannten Männer vom Bestattungsunternehmen Wolf vorne vom Ort schafften es nicht, den Sarg die enge Kellertreppe nach oben zu tragen, und wollten wissen, ob es noch einen zweiten Weg aus dem Keller gab. Den gab es natürlich, denn man konnte den Keller auch durch das Fahrradabteil verlassen, wenn die Tür aufgesperrt war. Die beiden Männer verkniffen sich glücklicherweise deplatzierte Bemerkungen, sowohl über mein Outfit (Fransenkleid, Stöckelschuhe, roter Elchpulli) als auch über die Tatsache, dass schon wieder in meinem Umfeld die Leute starben wie die Fliegen! Ich sah zu, wie der Sarg vom Gang aus in den Fahrradkeller bugsiert wurde.

Schließlich quetschte ich mich schweigend an dem Blechsarg vorbei und sperrte die hintere Tür auf. Die beiden Männer unterhielten sich über ein Fußballspiel, als wäre das alles ein ganz normaler Tag.

Fröstelnd stieg ich die Kellertreppe nach oben, und als ich die Kellertür aufziehen wollte, hörte ich Stimmen in der Rezeption.

Der Rechtsmediziner Stein unterhielt sich mit Kommissar Fellner.

»Vermutlich eine Schlagverletzung an der linken Wange«, sagte der Stein eben. »Aber so genau kann ich das jetzt noch nicht sagen.«

»Mit der Faust?«, fragte Fellner.

»Wohl eher mit der flachen Hand.«

»Also eine Backpfeife«, sagte Fellner.

Wie bitte? Thorsten hatte eine Watsche bekommen? Aber daran konnte man doch unmöglich sterben.

»Kann man daran sterben?«, stellte Fellner die Frage, die auch mir auf der Zunge brannte, und klang ähnlich irritiert wie ich.

»Kommt darauf an«, antwortete Stein. »Normalerweise nicht. Aber wenn der Kopf ungebremst mitschwingt, kann natürlich zum Beispiel die Halswirbelsäule verletzt werden. Außerdem kann so ein Schlag selbstverständlich tödlich enden, wenn beispielsweise ein Hirngefäß vorgeschädigt ist.«

Ich schluckte.

»Wenn der Betroffene zum Beispiel ein Aneurysma an einer Gehirnarterie hatte – und so etwas weiß man normalerweise nicht, kann das natürlich tödlich enden. Denn durch einen heftigen Schlag an den Kopf kann dieses geschädigte Blutgefäß unter Umständen reißen … Dann tritt der Tod ziemlich schnell ein, ohne dass man dem Betroffenen helfen kann.«

»Das könnte aber auch alles ohne Fremdeinwirkung passiert sein«, überlegte Fellner.

»Der Sturz im Prinzip ja. Ob die Ohrfeige im ursächlichen Zusammenhang steht, kann ich Ihnen natürlich so nicht sagen«, bestätigte der Stein die Einschätzung des Kommissars.

Die beiden Männer schwiegen einen Moment, und

ich überlegte, ob ich jetzt einfach die Tür aufreißen sollte oder mich räuspern. Hinter mir hörte ich die Männer mit dem Blechsarg rumpeln und fluchen. Anscheinend war es auch durch den Fahrradkeller nicht so einfach, ins Freie zu kommen. Schließlich war alles mit Bananenkisten vollgestapelt.

»Allerdings hatte er auch noch andere Verletzungen. Zum Beispiel auf der Rückseite des Kopfes. Die rührt vermutlich vom Aufprall auf dem Boden her. Ich kann natürlich nicht ausschließen, dass die geschwollene Wange überhaupt nicht in Zusammenhang mit dem Sturz steht. Das muss man jetzt erst einmal sehen«, erklärte der Stein.

Da ich zu feige war, in das Gespräch zu platzen, ging ich leise ein paar Stufen zurück, nahm praktisch Anlauf, rannte wieder schnell hinauf und riss die Tür auf.

Die beiden Männer waren inzwischen verschwunden.

Als ich wieder oben in der Wohnung war, informierte mich Evelyn, dass sie für mich Thunfischpizza mitbestellt hatte. Auch für unsere persönlichen SpuSi-Tanten, die immer noch in meinem Esszimmer am Werk waren. Heute waren sie richtig beschwingt bei ihrer Arbeit. In einem aufgeräumten und hübsch dekorierten Esszimmer Spuren zu sichern, das war ganz was anderes, als zum Beispiel das zugewachsene Ufer unseres Sees zu durchforsten wie beim letzten Mord. Lilly und Erika kamen aus der Schwärmerei über unsere Zwanzigerjahre-Tischdeko und unsere stilechten Showgirl-Kostüme gar nicht mehr heraus.

Nachdem wir nicht mehr ins Esszimmer durften, setzten wir uns alle in mein Wohnzimmer, mit den Pizzatellern auf dem Schoß, und unterhielten uns durch die offene Tür.

»Das nächste Mal machen wir mit euch das Krimidinner«, rief Evelyn zu den SpuSi-Tanten und biss herzhaft in ihre Thunfisch-Pizza ohne Zwiebeln.

»Ja. Und dem Stein. Und noch ein paar Polizisten. Dann kann nichts passieren«, schlug ich vor und brachte meinen Pizzakarton vor Clärchen in Sicherheit.

»Die Teller bleiben hier!«, rief Evelyn ihre Anweisungen in den Nachbarraum. »Das sind original Vintage-Teller von Sofias Großmutter. Den Braten könnt ihr gerne mitnehmen, der ist eh total verkokelt!«

»Die Nicole kann einfach nicht kochen«, sagte die Schmidkunz. »Wenn wir nicht die Vorspeisen und Salate und den Süßkram gemacht hätten, das wäre doch alles in die Hose gegangen.«

Den Eindruck hatte ich auch gehabt.

»War es denn ein natürlicher Tod?«, rief Evelyn durch die Wohnung. Denn gerade ging die Tür auf, und Felix Fellner kam herein. Er sah fix und fertig aus, als wäre er komplett überfordert, im Haus eines anderen Kriminalbeamten zu ermitteln. Und als wäre es in seiner Ausbildung nie Thema gewesen, dass bei einem Krimidinner ein richtiger Mord passieren kann.

»Natürlich oder nicht … Das hat zunächst einmal nichts mit Mord und Totschlag zu tun«, sagte Fellner. »Wenn ich jetzt davon spreche, dass es kein natürlicher Tod war. Das ist ja nur der Ausdruck dafür, dass der Tod nicht so eingetreten ist, wie man es für gewöhnlich erwarten würde.«

Ja, das war richtig, kein Mensch hätte erwartet, dass Thorstens Tod in meinem Heizungskeller eintreten würde.

»Diese Sache wird häufig missverstanden. Und bedeutet keineswegs, dass der Tod infolge einer strafbaren Handlung erfolgt ist. Das weist nur auf die entsprechende Möglichkeit hin und setzt eine Kette von …«

Aha. Der war anscheinend noch ganz frisch von der Schule. Wir hingen ihm jedenfalls alle an den Lippen. Weil Jonas nämlich normalerweise bei Ermittlungen nicht sehr auskunftsfreudig war. »Ich muss jetzt alle befragen.«

»Schwierig«, sagte der Hetzenegger und wischte sich mit einer Serviette den Mund ab. »Weil die eigentlichen Mordverdächtigen, die sind ja jetzt alle weg.«

»Ach Unsinn, Schnuckelchen«, wandte die Vroni ein. »So ein Kripobeamter, der muss doch bei Adam und Eva anfangen.«

»Du meinst also, bei uns?«, fragte der Hetzenegger und warf seiner »Eva« einen flirtenden Blick zu.

Daraufhin schlossen wir die Tür zum Esszimmer, und die Vroni war bereit für die erste Befragung. Die Schmidkunzens gingen zu ihrem Wohnwagen, um zu kontrollieren, ob genügend geheizt war, und ich half Jonas, einen frischen Schlafanzug anzuziehen. Er war viel zu schlapp, um mir zuzuhören, und fiel einfach zurück ins Bett, während ich auch noch die Bettdecke frisch überzog.

Als ich zurück ins Wohnzimmer kam, saß dort Evelyn, und ihre Wangen glühten begeistert.

»Also, meine Fans sind die besten, hör dir das an …«

»Bestes Krimidinner ever«, hatte eine momo1203 geschrieben. »Ich bin so gespannt, wie es weitergeht!«

»Es geht nicht weiter«, sagte ich erschöpft und ließ mich neben sie auf das Sofa fallen. »Das könntest du ihnen gleich mal sagen!«

»Gib doch mal #evelynskrimidinner ein, Schätzchen …«, bat mich Evelyn, meinen Vorschlag ignorierend, und ich holte mein Handy heraus. Der Hashtag #evelynskrimidinner hatte fast zweihundert Posts, und es kamen ständig neue hinzu!

»Himmel! Du musst ihnen das verbieten!«, stieß ich entsetzt hervor.

»Nun lies doch einfach mal!«, sagte Evelyn ärgerlich. »Das ist ja irre, was denen alles aufgefallen ist …«

»Tolles Buffet«, hatte jemand geschrieben, denn Evelyn hatte ausführlich unser Vorspeisenbuffet gefilmt, bevor es losgegangen war. »Diese Lachs-Spinat-Rolle kenne ich auch, total yummy!«

Ja. Die hatte ich leider nur halb gegessen, und jetzt war sie wahrscheinlich in einem Asservatenbeutel der Polizei!

»Was ist das in den weißen Tellern?«, fragte eine Katka29.

»Eine Kürbis-Orangensuppe mit Zimtcroutons«, tippte Evelyn. »Man konnte zwischen zwei Suppen wählen.«

Weil der Hetzenegger nämlich Orangen in der Suppe total albern fand.

»Da hat doch jemand nachträglich das Buffet umgestellt!«, schrieb Katka29. »Hat das was zu bedeuten?«

Ich hatte keine Veränderung bei unserem Vorspeisenbuffet bemerkt, aber ich war auch durch diverse Ereignisse vor Ort abgelenkt gewesen. Unter anderem von Thorsten und seinen aufdringlichen Füßen! Meine Lachsrolle hatte doch mit dem Todesfall nun gar nichts zu tun.

»Das war ich«, antwortete Evelyn darauf zu meinem Erstaunen. »Sieht doch einfach schöner aus, wenn schon ein paar dekorative Vorspeisen neben den Tellern stehen.«

Außerdem war Thorsten wahrscheinlich durch einen

Sturz gestorben und nicht an meiner gelungenen Lachs-Spinat-Rolle erstickt!

»Wie sieht eigentlich dieser Gigolo die ganze Zeit die grüne Dame an?«, fragte Krimimimix34.

Die grüne Dame war Andrea!

»Sieht aus, als wäre er mit ihr im Bett gewesen«, war ein Kommentar. »Die haben doch was miteinander. Also in echt.«

»Ja, das hatte überhaupt nichts mit dem Krimidinner zu tun. Die haben was laufen«, schrieb auch Katka29.

Wenn ich das alles gewusst hätte, hätte ich mein Krimidinner einfach verschoben! Mit Alex und dem Stein an der Seite wäre das alles nicht passiert. Der Stein hätte Evelyn angeflirtet, und Alex mich. Fertig! Jonas hätte niemals Alex umgebracht, so viel war sicher. Höchstens mit Blicken!

Wir schauten uns noch einmal die Stories an, die Evelyn vom Krimidinner gepostet hatte.

Unsere Ankunft beim Haus im alten Citroen.

Die weiteren Gäste, standesgemäß bekleidet.

Unser Tanz, den ich eilig übersprang. Der Begrüßungs-Champagner. Butler Hetzenegger, der mit seinem Tablett aus der Küche kam.

»Die Köchin scheint etwas Böses im Sinn zu haben«, las ich ziemlich erstaunt einen Kommentar. Ich sah mir die Sequenz noch einmal an, weil ich bis jetzt nur darauf geachtet hatte, wie ich selbst auf den Filmen rüberkam. Doch jetzt, wo ich mich darauf konzentrierte, sah ich tatsächlich im Hintergrund Nicole, schon zu diesem Zeitpunkt äußerst zerzaust und mit hochrotem Kopf.

»Wahrscheinlich hat sie vor, jemanden zu vergiften«, schlug Katka29 vor.

»Schaut euch nur diesen mörderischen Blick an!«, fand krimimimix34.

Ich sah mir die Sequenz noch ein drittes Mal an und achtete genauer auf den verräterischen Blick. Weil ich wusste, wie hektisch und überfordert Nicole gewesen war, hätte ich ihn jedoch anders interpretiert. Von »Ich habe die Suppe versalzen« bis »,Das ist ja viel mehr Arbeit, als ich gedacht hatte! Ich wünschte, ich hätte nicht angeboten zu kochen«.

Doch je öfter man sich die Sequenz ansah, desto mörderischer wirkte das alles, selbst auf mich! Das war nicht nur ein kurzer Blick zu den Gästen. Hatte sie sich gewünscht, bei uns am Tisch zu stehen und mit uns zu trinken? Aber hatte ich ihr nicht genau das angeboten gehabt? Sie hatte doch auch einen Sektkelch bei sich in der Küche stehen gehabt und war nur noch nicht dazu gekommen, ihn zu trinken.

Vielleicht hatte sie auch gar nichts weiter gedacht, obwohl es in der kurzen Sequenz so wirkte, als würde tief in ihr ein unglaublicher Hass lodern. Oder war das nur die Wut auf den Braten im Ofen gewesen?

Als Nächste in der Befragung war Evelyn dran, die voller Begeisterung in Überlautstärke ihre Antworten gab. Das war ziemlich lustig, weil wir uns daraus die ungehörten Fragen zusammenreimen konnten. Inzwischen war mir so warm, dass ich Evelyns Elchpulli wieder ausgezogen hatte.

»Wissen Sie, jetzt im Winter schlafe ich natürlich nicht in meinem Wohnmobil«, erklärte sie eben. »Im Winter ist es ja kalt. Und mein Wohnmobil hat bereits ein paar Jährchen auf dem Buckel. Ich hätte nie damit gerechnet, dass ich jemals Wintercamping machen würde. Sie müssen sich das so vorstellen …«

Vor meinem inneren Auge sah ich Evelyn vor dem armen Fellner sitzen und ihm die Hand mit den langen, tiefroten Fingernägeln auf den Unterarm legen. Dazu das Blinkern ihrer ewig langen, künstlichen Wimpern.

»Allein das Führerhaus!«

Das schien dem Kommissar nicht einzuleuchten.

»Das hat natürlich eine riesige Scheibe, durch die die Kälte einfach durchgeht. So viel kann man gar nicht heizen! Dann der Abwassertank!«

Jonas hätte an dieser Stelle schon längst unterbrochen, doch das hatte Herr Fellner anscheinend noch nicht gelernt.

»Den müsste ich durch einen beheizten Abwassertank ersetzen lassen. Rundum isolieren wäre angesagt ...«

Ja. Und da war es einfacher, doch wieder bei mir im Haus zu schlafen und das Wohnmobil Wohnmobil sein zu lassen.

»Hört euch die Evelyn an«, lobte der Hetzenegger zufrieden Evelyns Wintercamping-Know-how. »Und da dachte ich die ganze Zeit, sie hört nie zu, dabei hat sie sich alles gemerkt!«

Und jetzt war endlich auch die Polizei total informiert über die Tücken des Urlaubs zur kalten Jahreszeit!

Während Evelyn dann doch noch über die konkreten Krimidinner-Abläufe berichtete, überlegte ich mir, was ich dem Polizisten erzählen konnte. Jetzt in der Retrospektive betrachtet, fiel mir auf, dass ich mich die ganze Zeit wegen meiner neuen Campinggäste unwohl gefühlt hatte. Das Verhältnis zwischen den fünf Personen war definitiv nicht richtig entspannt gewesen.

Es erschien mir nachgerade aber so, als wären da jede Menge unterdrückter Aggressionen zwischen den fünfen im Spiel gewesen. Wie konnte es sein, dass mir das jetzt erst so richtig auffiel? Vielleicht hatte ich mir zu viel mit ihren jeweiligen Rollen zu erklären versucht. Thorsten hatte in seinem Narzissmus natürlich sowieso nur sich selbst leiden können, gut. Aber rückblickend kam es mir so vor, als hätten sich auch die Frauen nur mit aufgesetzter Freundlichkeit behandelt, und als hätte sich Jürgen in sein Schneckenhaus verzogen. Wieso waren diese fünf überhaupt zusammen in den Urlaub gefahren? Waren sie irgendwie verwandt? Ehemalige Kollegen? Wusste das irgendwer?

Felix Fellner unterbrach meine Überlegungen, indem er seinen Kopf zu uns ins Wohnzimmer steckte. »Der Nächste bitte«, sagte er, als wäre er Arzt. Seine Miene erhellte sich, als sein Blick auf mich fiel und er meine Aufmachung begutachtete.

»Ein fantastisches Kleid! Woher haben Sie das denn?«

»Keine Ahnung«, musste ich zugeben. »Das hat alles Evelyn organisiert.« Darin lag ihre große Stärke. Sie konnte alles herorganisieren, was sie sich in den Kopf gesetzt hatte.

»Ich tanze ja auch«, gestand er mit einem Lächeln. »Lindy Hop und Charleston.« Er begann beschwingt ein paar Tanzschritte zu machen.

»Triple step, triple step …«, stimmte Vroni mit ein und tanzte sofort mit.

»Das wäre das Meine«, schwärmte sie. »Ein Mann, der gerne tanzt, Herr Inspektor!«

Mal abgesehen davon, dass zu Felix Fellner kein Mensch Inspektor sagte und außerdem der Hetzenegger gerade unterirdische Laune bekam …

»Früher hast du das so gerne gemacht. Damals, als wir noch kein Paar waren!«, warf sie ihm vor. »Da hast du dich voll ins Zeug gelegt!«

»Da war ich auch noch vierzig Jahre jünger«, grummelte der Hetzenegger. »Und meine Knie noch voll in Ordnung.«

Kapitel 8

Der nächste Tag begann in gedrückter Stimmung. Jonas hatte noch immer Fieber. Bei unseren Befragungen war nichts herausgekommen – kein Wunder, denn wie es der Hetzenegger schon treffend formuliert hatte, waren die Verdächtigen ja alle nicht anwesend gewesen. In der Nacht waren Andrea und Jürgen nicht mehr zurückgekommen, wahrscheinlich hatten sie sich ein Hotelzimmer genommen, um in der Nähe ihres Sohnes zu sein. Anscheinend waren sowohl Jan als auch Nicole über Nacht im Krankenhaus geblieben.

Ich braute mir einen Kaffee zwischen den Resten unseres Krimidinners und starrte auf das Champagnerglas von Nicole, das noch immer unberührt neben dem Spülbecken stand. Als der Kaffee gluckernd durchgelaufen war, verzog ich mich eilig ins Wohnzimmer und stellte mich mit der Kaffeetasse ans Fenster.

Gerade sah ich den dunklen Passat der SpuSi-Tanten im Schritttempo über den Campingplatz fahren. Vor dem Auto stolzierte Evelyn mit schwingenden Schritten. Sie war schon wieder im Zwanzigerjahre-Stil gekleidet, trug einen schmal geschnittenen Mantel mit Pelzkragen und einen eng anliegenden Hut. Vor dem Wohnmobil von Thorsten und Nicole blieb sie stehen und fuchtelte mit den Armen herum, als müsste sie bei der Notlandung eines Flugzeugs helfen. Hieß das nun, dass es doch Mord war? Mit großen Augen sah ich zu, wie Erika und Lilly aus dem Auto ausstiegen und Evelyn umarmten. Danach gingen sie quer über den Platz und sahen sich die letzten Fußspuren von Thorsten an, die quer über den Campingplatz führten, direkt zu dem Wohnmobil von Andrea und Jürgen.

Da mich Jonas gerade nicht brauchte und meine Neugierde mich umbrachte, zog ich mir den uralten Skianzug von Nonna über den Pyjama – ganz stylisch im Siebzigerjahre-Orange. Ich behielt die dampfende Kaffeetasse in der Hand und ging mitsamt den Hunden hinunter zu Thorstens Wohnmobil. Durch die geöffnete Tür lehnte sich Evelyn so weit nach innen, dass sie quasi an der Durchsuchung teilnahm.

»Was genau suchen wir denn?«, fragte Evelyn, als wäre sie auch bei der Spurensicherung.

»Medikamente«, hörte ich Erika im Wohnmobil mit dumpfer Stimme sagen. Es hörte sich an, als würde sie in einen Schrank sprechen.

»War es Mord?«, fragte ich fassungslos.

»Keine Ahnung«, antwortete Lilly, aber das glaubte ich ihr nicht.

»Könntest du Andrea anrufen und ihr sagen, dass wir den Schlüssel zu ihrem Wohnmobil brauchen?«, fragte Evelyn. »Sonst muss ich das aufbrechen.«

Ich verdrehte die Augen. »Du kannst keine Türen aufbrechen! Und eine Telefonnummer habe ich auch nicht. Aber wieso will die Spurensicherung in ihr Wohnmobil?«

Evelyn zeigte mit einem bedeutsamen Blick auf die letzten Fußspuren von Thorsten.

Auch die Hetzeneggers und die Schmidkunzens kamen ganz beiläufig vorbeigeschlendert und blieben dicht hinter Lilly stehen, die gerade mit einem Schlüssel eine Außenklappe des Wohnmobils öffnete und mit spitzen Fingern Sachen herausholte. Der Hetzenegger wurde zum Kommentator eines Live-Events.

»Klappspaten und Schneeketten«, nickte er. »Das braucht man im Winter.«

Mit einem lauten Klatschen flog ein schweres Paket auf die Plastikplane vor dem Wohnmobil.

»Das Vorzelt. Wieso sie das nicht aufgebaut haben!«, kritisierte der Hetzenegger. »Mit dem Vorzelt hast du eine super Kälteschleuse.«

»Und ist ein prima Schmutzfänger«, stieg die Vroni als Ko-Moderatorin mit ein. »Da kann man schön die schmutzigen Schuhe abstellen.«

»Wir stellen die immer in unsere Dusche«, wusste auch die Schmidkunz. »Dann werden sie nicht so kalt.«

»Aber so wie der Thorsten ausgeschaut hat, konnte der einfach kein Vorzelt aufbauen«, mutmaßte der Hetzenegger.

»Gott hab ihn selig«, brachte die Vroni das Gespräch auf das eigentliche Thema zurück.

»Vielleicht war ihm das bei dem Schneefall auch einfach zu blöd. Da musst du halt immer wieder abkehren, wenn's schneit«, brachte der Schmidkunz seine Expertenmeinung ein.

»Oha. Ein sehr stabiler Eiskratzer mit Teleskopstange«, machte der Hetzenegger weiter. Langsam kam er richtig in Fahrt. »Ist ja wichtig, dass man jeden Tag kontrolliert, ob das Heizungsrohr nicht mit Eis blockiert ist. Dafür bräuchte ich auch so einen Eiskratzer.«

»Und was ist das?«, fragte Lilly und warf schmale Plastikmatten nach draußen.

»Ah, die hätte ich auch gerne!«, begeisterte sich der Hetzenegger. »Da stellt man das Wohnmobil drauf, und wenn's dann doch taut und das Wohnmobil einsinken würde, kann man trotzdem noch rausfahren!«

Lilly seufzte. Die Vroni seufzte. Schließlich brauchte sie persönlich keine Matten zum Draufstehen, weil sie den Wohnwagen sowieso immer hier stehen hatten und nie in die Verlegenheit kamen, bei Tauwetter ihren Wohnwagen irgendwohin ziehen zu müssen.

»Und hier wäre noch eine Thermohaube gewesen«, sagte der Hetzenegger fassungslos. »Wieso hat er die denn nicht vorne übers Führerhaus gezogen? Da heizt du dich doch deppert, wenn da nicht isoliert ist!«

Im nächsten Moment streckte Erika ihren Kopf aus dem Wohnmobil.

»Und was um Himmels willen ist das?«, fragte Erika und hielt in ihrer behandschuhten Hand zwei kleine weiße Bälle nach draußen, die mit einem Bändchen verbunden waren.

»Oh-oh«, stieg Evelyn sehr zufrieden ein. »Sexspielzeug.«

»Himmel«, meinte ich und beschloss, das alles nicht in natura sehen zu wollen. »Und du wirst das nicht fotografieren und in deiner Insta-Story verwenden!«, warnte ich sie vorsichtshalber.

Evelyn verdrehte wie üblich die Augen.

»Lass doch mal sehen«, ließ sich Evelyn in ihrem Ermittlungsengagement nicht aufhalten, und Lilly war so nett und zeigte den Inhalt einer Sporttasche.

»Das ist nicht erlaubt, dass ihr das rumzeigt!«, wandte ich sehr streng ein.

»Toll. Das finde ich jetzt wirklich einmalig. Dieser Thorsten hatte eine ganze Sporttasche voller …«

»Pscht!«, fuhr ich dazwischen.

» … voller Sexspielzeug …«, sagten Evelyn und Lilly unisono.

Schließlich sahen die SpuSi-Tanten ein, dass sie ihre Funde vielleicht doch nicht in aller Öffentlichkeit herumposaunen durften, und schickten uns alle weg. Während die anderen sich jetzt wieder trennten und zu ihren Wohnwägen stapften, schlenderte Evelyn, in ihr Handy quatschend, Richtung Café. Langsam ging ich mit Milo wieder hinauf zum Haus, Clärchen schloss sich Evelyn an.

Auf dem Weg zum Haus kam ich beim Klohäusl vorbei, wo gerade meine Putzfrau Gerlinde herausgeschossen kam, als wäre der Teufel hinter ihr her.

»Sofia!«, schrie sie aufgeregt. »Ich habe Hinweise gefunden! Schnell!«

»Hinweise worauf?«, fragte ich irritiert.

»Auf den Mörder!« Sie blieb außerhalb des Klohäusls stehen und zeigte auf das Frauenabteil.

»Und was?«, fragte ich mit klopfendem Herzen.

»Schau doch rein!«, flüsterte sie und schlang sich die Arme fröstelnd um den Körper.

»Da liegt aber keine Leiche?«, fragte ich sicherheitshalber. »Was ist es denn?«

»Ein Post-it-Zettel!«, wisperte sie ahnungsvoll. »An einem Spiegel.«

Ich hatte eigentlich auch keine Lust hineinzugehen, aber ich hatte das Gefühl, als Chefin des Campingplatzes Stärke zeigen zu müssen. Tatsächlich hing ein rosa Post-it-Zettel in Herzform an einem der ersten Spiegel. Auf ihm stand mit schwarzer fast gemalter Schrift – es sah ein bisschen aus, als hätte es ein Kind geschrieben –: »Die Köchin war von 20:05 bis 20:15 hier im Waschhaus!« Unterschrieben war das Ganze mit dem Namen »Miss Marple«.

»Miss Marple?«, sagte ich laut, ließ den Zettel aber trotzdem hängen. »Und welche Köchin?«

»Natürlich die vom Krimidinner!«, rief Gerlinde von draußen, die es noch immer als zu gefährlich ansah, das Klohäusl zu betreten. »Diese kleine Dünne! Also, wenn die nicht die Mörderin ist, dann weiß ich auch nicht!«

Anscheinend hatte auch Gerlinde die Story von Evelyn mehrfach gesehen.

»Und wer ist Miss Marple?«, fragte ich.

Inzwischen stand Gerlinde immerhin so an der Innentür zum Frauenabteil, dass sie zu mir hineinsehen konnte. »Das ist ein Pseudonym«, schlug sie sehr pfiffig vor. »Von jemandem, der euch bei den Ermittlungen hilft.«

»Du vielleicht?«, fragte ich unbedacht, und Gerlinde kreischte los und wich zurück.

»Das war natürlich nicht ernst gemeint!«, beruhigte ich sie.

Aber Gerlinde hatte nicht deswegen gekreischt. Eben hatte sie einen weiteren rosa Post-it-Zettel entdeckt, der an eine der Klotüren gepinnt war.

Auf ihm stand: »Da war die Köchin. Zehn Minuten lang. Eure Miss Marple.«

Das war natürlich ein sehr guter Hinweis. Nicole war aufs Klo gegangen. Das würde die Ermittlungen richtig beschleunigen! Aber ich wies Gerlinde trotzdem an, keine weiteren Spuren zu vernichten, obwohl sie energisch protestierte.

»Es ist mein Job, Spuren zu vernichten!«, erklärte sie mir empört.

Ich versprach ihr eilig, den Lohn weiterzuzahlen, auch wenn sie heute nicht mehr putzte.

»Das mag ich ja gar nicht«, sagte sie skeptisch, schüttete aber trotzdem ihren Putzeimer aus.

»Hast du den Mülleimer schon geleert?«, fragte ich nach, und sie holte eine halb volle Plastiktüte von draußen und drückte sie mir angewidert in die Hand.

Danach machte ich mich auf die Suche nach Felix Fellner.

Bis zum Kommissar kam ich nicht, denn auf dem Weg zur Rezeption lief mir schon sehr aufgeregt die Vroni entgegen, einen roten Post-it-Zettel schwenkend.

»Sieh dir das an!«, rief sie schwer atmend. »Das habe ich neben der Tür zur Rezeption gefunden!«

»Das hättest du hängen lassen müssen«, sagte ich etwas frustriert. »Vielleicht sind da Fingerabdrücke drauf.«

Vroni ließ sofort den Zettel fallen und quietschte. Das wäre jetzt auch nicht nötig gewesen! Ich legte den Kopf schief und sah mir an, was darauf geschrieben stand.

»Hier hat sich der Gigolo abgestützt, schwer atmend!«

Felix Fellner wollte nicht so recht glauben, dass keiner von uns wusste, von wem die Zettel stammten. Und auch nicht, dass wir den Zettel neben der Rezeption nicht schon längst entdeckt hatten. Von unserem Schlafzimmerfenster aus beobachtete ich, wie Fellner ratlos ins Klohäusl hineinstiefelte und wieder hinaus und dabei vom Gröning angemeckert wurde. Anscheinend beharrte der Gröning darauf, dass die Tür anständig geschlossen blieb, schließlich war Winter und das Klohäusl beheizt!

»Er hat gemeint, dass die Zettel mit dem Krimidinner

zu tun hätten«, erzählte ich Jonas, während ich mich wieder zu ihm aufs Bett setzte. »Als hätten wir an dem Abend Zeit dafür gehabt, noch Zettel zu verteilen. Wir haben doch keine Schnitzeljagd veranstaltet!«

Jonas guckte nur glasig aus der Wäsche und schien meinen Gedanken nicht ganz folgen zu können.

»Bist du eigentlich noch verheiratet?«, fragte er plötzlich, als hätte das irgendetwas mit der Schnitzeljagd zu tun.

»Na ja«, antwortete ich. »Genau genommen schon. Ich bin von Martin ja nicht geschieden.«

»Das passt mir gar nicht«, erwiderte er und ließ sich dann von mir zwingen, seinen Salbeitee auszutrinken.

»Irgendwann muss ich da was machen«, stimmte ich ihm zu, und Jonas schloss wieder die Augen.

Seufzend lehnte ich mich ans Rückenteil des Bettes, mit einem großen Kissen als Lehne, und nahm mir mein Handy zur Hand. Jonas war nicht besonders kommunikativ in seinem Gesundheitszustand!

Mit meiner Kaffeetasse und der Frühstückbowl von Evelyn auf dem Nachtkästchen ließ es sich ganz gut im Bett aushalten. Und das mit den Mordermittlungen ging mich ja im Prinzip nichts an! Hätte zumindest Jonas angemerkt, wenn er nicht schon wieder weggedöst wäre.

Als Jonas erneut tief schlief, widmete ich mich ganz meinem Handy, um genau zu sein dem Hashtag #evelynskrimidinner, zu dem die Posts noch stärker explodiert waren. Inzwischen waren es über tausendfünfhundert Kommentare! Unter anderem deswegen, weil Evelyn gerade schon wieder »live« war und mit ihren Fans über den Campingplatz spazierte. Hin und wieder tobte Clärchen durchs Bild und warf sich hinter ihr in den Schnee, wo sie sich wild hin und her wälzte. Trotz dieser in meinen Augen unglaublich witzigen Hunde-

Einlagen sprach Evelyn mit ernster Miene in ihre Handykamera.

»Wollen wir uns zusammen die Spurenlage noch einmal ansehen?«, fragte sie in die Kamera, und man sah plötzlich ins Bild eingeblendet, dass sich gerade unendlich viele Personen in dieses Video einwählten und auch Reaktionen sendeten.

Das Video wurde plötzlich schwarz-weiß, und Evelyn wirkte wie Sherlock Holmes on tour.

Bevor ich mich über Evelyn aufregte, saß ich ehrlicherweise auch wie gebannt vor dem Handy und sah zu. Thorsten war direkt zum Wohnmobil gegangen. Er hatte nicht den Weg genutzt, sondern war quer über alle Plätze gestapft. Was ja nicht weiter schlimm war, er hatte momentan ja keinen gestört, weil der Platz so leer war. Ich hätte das zwar nicht gemacht, denn schließlich musste er danach nasse Schuhe gehabt haben, aber das schien ihm egal gewesen zu sein. Vielleicht weil er es zu eilig hatte, um sich an die geräumten Wege zu halten. Ich ging hinüber ins Esszimmer und stellte mich ans Fenster. Dort konnte ich nämlich live sehen, wie Sherlock Holmes über den Platz schlenderte, während ich aus dem Handy ihre Kommentare hörte.

»Er ist auf direktem Weg bis zum Wohnmobil gegangen. Und danach wieder zurück. Was hat er da gemacht?«, flüsterte Evelyn mit geheimnisvoller Stimme in das Mikro.

Vor allen Dingen, das sagte sie jetzt nicht, war das das Wohnmobil von Jürgen und Andrea und nicht sein eigenes! Was hatte er dort gemacht? Hatte er etwas aus dem Wohnmobil geholt?

Langsam dämmerte es auch mir, wie voll daneben und vor allem total illegal es war, was Evelyn gerade tat. Sie konnte doch kein Live-Video von den Spuren filmen und laufende Ermittlungen preisgeben! Ich wollte das Video schon wegdrücken, um Evelyn Bescheid zu geben, zögerte aber, weil sie gerade stehen blieb und im Stehen die Spuren entlang filmte.

»Scheint ja richtig besoffen gewesen zu sein«, schrieb jemand. »Schaut mal, wie der gegangen ist!«

»Schlangenlinien«, schrieben mehrere zu dem Video.

»Ich fass es nicht, der scheint sich ja nicht mehr unter Kontrolle gehabt zu haben!«

Aus der Perspektive, aus der es Evelyn gerade filmte, schien Thorsten tatsächlich, besonders auf dem Rückweg, extreme Koordinationsprobleme gehabt zu haben. An einer Stelle war er stehen geblieben, hatte sich umgedreht, war dann aber doch weitergegangen bis zur Rezeption. Auf dem Vorplatz verlor sich seine Spur, weil hier schon zu viele Leute herummarschiert waren, ein Rettungswagen und ein Notarztwagen geparkt hatten und Sepp, mein Hausmeister, jeden Tag kehrte.

»Du musst das sofort unter Kontrolle bringen!«, schrieb ich Evelyn per WhatsApp. »Ich habe den Eindruck, die denken, dass das alles Teil des Krimidinners ist! Und kein realer Mord!«

Evelyn schien mit etwas anderem beschäftigt zu sein, denn meine Nachricht wurde nicht gelesen.

»Aber das ist uns ja schon vorher aufgefallen, bei Tisch«, überlegte krimimimix34, »habt ihr gesehen, wie der Gigolo schon geschwankt hat, als er bei Tisch aufgestanden ist? Das sieht man sehr gut in der Story von gestern!«

»Der war doch Alkoholiker. Erkennt man doch an der Haut!«, mutmaßte Sunshine_baby2.

»Der ist doch kein Alkoholiker gewesen«, wandte Grauwerte49 ein. »Was hat er denn getrunken? So wie ich das verfolgt habe, war das genau ein Champagner! Bist du davon schon Alkoholiker?«

Es kamen ein paar blöde Kommentare. Die meisten waren sich einig, dass man erst in Bierträger-Dimensionen denken musste, bevor man als Alkoholiker galt. Ich verließ meinen Beobachtungsplatz und ging wieder zurück ins Bett zu Jonas. Nachdenklich strich ich ihm die nassen Haare aus der Stirn. Wie gut, dass Jonas zu krank war, um Evelyns Blödsinn mitzubekommen. Das hätte einen Heidenärger bedeutet. Ich kehrte in Gedanken zum letzten Abend zurück und sah mir Evelyns Stories noch einmal an. Ich gestand, es war schon praktisch, die Ereignisse zum Nachschauen auf Film zu haben! Beim Aufstehen vom Tisch sah man Thorsten eindeutig schwanken. Da ich wusste, wie viel wir getrunken hatten, rätselte ich tatsächlich auch, weshalb.

»Was ist?«, murmelte Jonas, halb im Fiebertraum.

»Ich habe den starken Verdacht, dass Thorsten betrunken war«, antwortete ich ihm. »Und jetzt frage ich mich, wovon! Denn in Evelyns Video sieht man ganz deutlich, dass er nicht einmal den Aperitif ganz ausgetrunken hat.«

Jonas antwortete nicht, er atmete plötzlich ganz ruhig und tief, und mir war klar, dass er schon wieder eingeschlafen war.

»Vielleicht hatte er ja vorher schon gebechert. Aber mir ist nicht aufgefallen, dass er betrunken angetreten wäre«, erzählte ich trotzdem dem schlafenden Jonas. Andererseits hatte ich natürlich nicht darauf geachtet, es war so viel los gewesen. Ich schloss die Augen und versuchte mir die einzelnen Personen vorzustellen, aber das Einzige, was mir dazu einfiel, waren die strammen Waden von Vroni, die ich fixierte, während ich versuchte, mich an die Choreografie zu erinnern. Triple Step, triple step, hörte ich Vroni sagen. Mein Herzschlag hatte sich erst beruhigt, als wir die Cocktails bekommen hatten. Da erst war ich dann gechillt genug gewesen, um zu erkennen, dass ich nicht für das Gelingen des Krimidinners verantwortlich war.

Das würde jetzt auch Jonas anmerken, wäre er bei Sinnen gewesen. Dass ich nämlich den Fall eigentlich auch nicht lösen musste, sondern nur verhindern, dass Evelyn weiteren Schaden verursachte. Und genau das würde ich jetzt machen!

Kapitel 9

Um zu sehen, was Evelyn gerade trieb, stellte ich mich ans Schlafzimmerfenster. Schon von hier aus konnte ich sehen, dass sich die Camper beim Wohnwagen von Schmidkunzens versammelt hatten. Bei ihnen entdeckte ich auch Jürgen! Inzwischen stand die Tür von Jürgens Wohnmobil offen, und ich konnte sehen, dass dort die Spurensicherung zugange war. Das konnte ich mir natürlich nicht entgehen lassen! Ich schlüpfte wieder in den scheußlichen Skioverall, der mir um die Brüste spannte und auch einen Tick zu kurz war.

Als ich bei meinen Campern angekommen war, sah ich, dass sie sich um die Gasflasche vom Schmidkunz versammelt hatten. Die Frauen redeten über die Kommentare zu Evelyns Story, während die Männer über Gasflaschen debattierten. Am entspanntesten sah Evelyn aus, die in ihrer Aufmachung nach wie vor wirkte, als hätte sie eine Zeitreise hinter sich.

Da auch Jürgen mit von der Partie war, versuchte ich erst einmal nicht, auf Evelyns Instagram-Entgleisung zu sprechen zu kommen. Jürgen stand mit verschränkten

Armen vor der Gasflasche, während der Schmidkunz ein Gerät daran hielt.

»Das ist ein Ultraschallprüfer. Wenn ich das Gerät hierhin halte, dann seh ich, hier rot … und hier rot … nur noch da grün. Das werde ich heute Abend austauschen müssen«, klärte uns der Schmidkunz über den Umgang mit Gasflaschen auf. »Da geht nichts mehr schief, also von wegen in der Nacht aufstehen und so …« Die ganze Truppe bewegte sich nun zu Jürgens Gefährt, wo der Schmidkunz sein Prozedere wiederholte. Ich hatte den starken Verdacht, dass das alles nur dazu diente, mehr von der Polizeiarbeit mitzubekommen. »Sehen Sie. Ihre Gasflasche ist leer. Deswegen hat man ja auch immer zwei dabei, damit man da schnell wechseln kann.«

»Man muss nicht heizen, ich heize nicht in der Nacht«, mischte sich der Gröning in das Gespräch ein. »Ich mach mir eine Wärmflasche. Und dann zieh ich mir die Fleecejacke an, und dann ab in den Schlafsack.«

»Oh«, machte ich.

Das hörte sich schon sehr abgehärtet an, und auch Jürgen sah nicht aus, als wäre das eine Option für ihn und seine Familie.

»Und natürlich meine Mütze«, komplettierte der Gröning sein Schlafoutfit. »Und dann hab ich noch die Daunendecke, die kann ich mir dann drüberziehen, wenn es in der Nacht noch kälter wird. So um drei Uhr, da wird's dann echt zapfig.«

Darum war der Gröning wahrscheinlich nie krank, der überlebte den Winter sozusagen tiefgefroren!

»Ich würde halt das Fenster zumachen«, sagte die Schmidkunz kopfschüttelnd. »Das ist ja sonst wie in einem Zelt. Wenn man mit offenem Fenster schläft.«

»Mit sehr weit offenem Fenster«, sagte der Schmidkunz, weil der wusste nämlich, dass der Gröning echt hart im Nehmen war.

»Vielleicht dürfen wir ja heute noch abreisen«, sagte Jürgen.

»Ich habe noch drei volle Gasflaschen«, munterte ich ihn auf. »Keine Sorge, da kann ich Ihnen eine austauschen. Keiner muss erfrieren. Wir können gleich eine holen.«

Jürgen wirkte sehr erleichtert.

»Habt ihr eigentlich schon vor dem Krimidinner getrunken?«, wechselte Evelyn sehr abrupt das Thema und ließ sich auch durch meinen drohenden Blick nicht stoppen.

Erschrocken sah Jürgen von ihr zu mir und geriet ins Stottern. »Ähm. Ich weiß nicht.«

Keiner sagte etwas, jeder bekam riesige Ohrwascheln, nur der Schmidkunz hantierte herum und überprüfte sinnloserweise noch einmal den Gasstand. Jürgen wurde unruhig, und schließlich knickte er ein und nickte.

»Ja. Wir waren alle zusammen spazieren um den See, und danach hat uns Andrea noch einen Glühwein gemacht.«

»Und hat da Thorsten besonders viel getrunken?«, fragte ich weiter.

»Ich kann mich nicht mehr so genau daran erinnern …«, murmelte Jürgen und wurde rot. »Ich habe jedenfalls nur einen Becher getrunken, ich mag Glühwein nicht besonders.« Als er die Stimme seiner Frau hörte, die gerade mit Jan vom See heraufkam und auf uns zusteuerte, verbesserte er sich schnell: »Also Glühwein im Allgemeinen, das liegt nicht an dem Rezept von Andrea.«

Andrea und Jan blieben nun auch bei uns stehen. Die beiden wirkten bleich und mitgenommen, Andrea sah um Jahre älter aus und schien eine Erkältung auszubrüten. Vielleicht lag es auch daran, dass sie nicht geschminkt war und sich die Haare nur schnell und recht streng aus dem Gesicht gebunden hatte.

»Könnt ihr euch vielleicht erinnern, wie viel Thorsten getrunken hat?«

Jan zuckte mit den Schultern. »Schon mehr als wir.«

»Ach Quatsch«, mischte sich Andrea ein. »Ich habe einen Liter Glühwein gemacht, und es ist mindestens ein Becher übrig geblieben. So viel kann er da nicht gehabt haben! Schließlich haben wir alle davon getrunken. Zu fünft!«

Schade, dann war das auch nicht die Erklärung. Bevor ich mit Jürgen die Gasflasche holen ging, stieß ich Evelyn noch einmal an und flüsterte ihr sehr eindringlich zu: »Hör mit diesen Stories auf! Du kommst ins Gefängnis!«

Evelyn verdrehte die Augen.

Am Nachmittag wurde mir in unserer Hirschgrundi-WhatsApp-Gruppe mitgeteilt, dass alle unten bei »Fräulein Schmitts« im Café saßen und der Hetzenegger Mohnteilchen bei Meierbecks gekauft hatte. Erika und Lilly waren inzwischen wieder gefahren, und die Vorderholzers durften wieder in ihr Wohnmobil. Auch ich hoffte, dass sie bald abreisen durften! Clärchen schlitterte begeistert über die Terrasse und hatte keine Lust auf den warmen Raum, also ging ich allein ins Café, während sie draußen auf der Terrasse herumstreunte.

Die Schmidkunz und die Vroni blätterten gerade einen Campingkatalog durch, um sich über die Neuheiten zu informieren.

»Ich brauch doch keinen Falt-Geschirrabtropfer«, sagte die Vroni. »Das, was wir eigentlich brauchen, ist ein

Geschirrspüler hier drin im Café. Dann könnte ich da meine Teller auch mit reinstellen.«

»Da, schau her. Der Ultraschallmesser für den Gasfüllstand kostet ja gar nicht so viel. Der ist reduziert«, sagte der Hetzenegger, der seiner Frau einfach den Katalog wegnahm. »Statt 55 Euro, nur 39. Und dann ist man sich wenigstens sicher, dass noch Gas drin ist!«

»Du hast das doch im Gefühl«, wandte die Vroni ein. »Du hebst die Flasche hoch und schüttelst, was brauchst du einen Ultraschallmesser. Und der Thorsten ist tot. Und der Jürgen macht nie wieder Campingurlaub. Der ist doch froh, wenn er wieder zu Hause ist und kein Wohnmobil mehr sieht!«

»Und vielleicht landet Jürgen auch noch im Knast«, schlug Evelyn vor. »Wenn er der Mörder ist. Dann braucht er ebenfalls keinen Gasprüfer.«

»Der ist doch kein Mörder«, wandte die Vroni begütigend ein, wie immer darauf bedacht, die weihnachtliche Stimmung nicht zu verderben. Sie stand auf, um die Mohnschnecken und den Mohnkuchen zu verteilen. Ich hatte auch das Gefühl, dass die Situation nur mit viel Fett, Zucker und Opiaten zu meistern war.

»Ich kann's mir ja auch nicht vorstellen«, sagte ich.

»Da ist ja auch noch Nicole«, sagte die Schmidkunz und fröstelte ein wenig. »Die ist, während wir angestoßen haben, aus der Küche und nach unten gelaufen.«

Hinter mir zischte die Kaffeemaschine, und ich sah aus den Augenwinkeln, dass sich Evelyn bei der Zubereitung des Cappuccinos filmte.

»Ja, und dank Miss Marple wissen wir auch, wo sie war: im Klohäusl. Und nicht im Heizungskeller«, überlegte ich weiter. »Und danach ist sie ja auch schnell wiedergekommen.«

Unsicher sah ich von einem zum anderen. »Oder?«

»War sie nicht doch etwas lange weg?«, fragte sich Evelyn.

Natürlich hatte niemand von uns mit ihr über ihren Klogang gesprochen!

»Da ist ihr der Reis angebrannt«, erinnerte sich die Vroni.

»Die ist hinausgerannt, als wären alle Teufel hinter ihr her«, erinnerte sich Evelyn.

»Sie musste halt dringend«, schlug ich vor. Also wirklich sehr, sehr dringend.

»Aber durch die Post-its wissen wir doch, dass sie auf dem Klo war«, sagte die Schmidkunz. »Genau zehn Minuten.«

»Vielleicht hat sie die ja auch selbst geschrieben, die Zettel«, vermutete Evelyn. »Das würde ich machen, wenn ich von meiner Schuld ablenken wollte!«

»Und in Wirklichkeit hat sie ihrem Mann eine Falle gestellt«, schlug sich die Vroni ziemlich blutrünstig auf die Seite der anderen.

»Wie hätte denn das funktionieren sollen?«, fragte ich skeptisch.

»Na, sie hat ihm einen Zettel hinterlassen. Im Wohnmobil.«

»Einen rosa Post-it in Herzchenform«, konkretisierte Vroni ihren Verdacht.

»Und da stand drauf: Geh in den Heizungskeller und hau den Kopf gegen den Kessel?«, wollte ich wissen.

Die Vroni schlug mir leicht mit der Hand auf den Unterarm. »Mensch, Sofia!«

Ich stand auf, weil ich plötzlich einen irren Drang nach wahnsinnig viel Süßigkeiten hatte. Eine Mohnschnecke war einfach nicht genug! Ich ging hinter der Theke in Deckung und stöberte nach Keksen.

»Wir haben noch Plätzchen«, rief mir die Schmidkunz zu, die mich durchschaut hatte.

»Es muss ihn ja jemand umgebracht haben, während er selbst weg war«, sagte der Schmidkunz sehr vernünftig. »Und während Thorsten weg war, waren doch alle da, auch Nicole, oder etwa nicht?«

Wir nickten alle synchron, während die Vroni jetzt auch noch Plätzchen auf einen Teller legte. Auch den anderen waren die Mohnschnecken offensichtlich nicht genug in dieser belastenden Situation! Ich entdeckte begeistert, dass es noch die »Beschwipsten« von der Vroni gab, und nahm mir vorsorglich gleich ein paar davon, um das blöde Gespräch über tote Camper besser verkraften zu können.

»Ich sag dir eins, das war ein Unfall«, schlug die Schmidkunz vor. »Wir können doch alle bezeugen, dass wir zusammen waren.«

Das war ein guter Vorschlag, der unseren Ermittlungseifer auch ziemlich bremste. Stattdessen vernichteten wir einträchtig die Plätzchen von der Vroni, eine gute Wahl!

Kapitel 10

Mit vollem Magen schlenderte ich hinauf zum Campingplatz. Clärchen tobte begeistert durch den Schnee und schmiss sich dann Jürgen vor die Füße. Der hatte gerade Nicole aus dem Krankenhaus abgeholt.

Nicole warf mir einen Blick zu, den ich nicht so recht deuten konnte. Unterstellte sie mir, dass ich etwas mit dem Mord zu tun gehabt hatte? Dass ihr Mann nur wegen meines Krimidinners gestorben war? Jan kam gerade auf sie zugelaufen und wollte sie in den Arm nehmen, aber sie schob ihn zur Seite und drehte sich um. Mit energischen Schritten ging sie Richtung Klohäusl, während die beiden Männer ihr etwas betreten nachsahen.

»Wie schrecklich«, murmelte Jürgen.

»Dann fragt euch mal, wer da dran Schuld hat!«, fauchte Jan. »Es war ja total offensichtlich, dass …«

In dem Moment hatte mich Jan leider entdeckt, denn er redete nicht weiter. Jürgen lächelte mich traurig an.

»Tut mir wirklich leid«, sagte ich, als ich bei ihnen ankam. »Es ist schlimm, einen Freund auf diese Art und Weise zu verlieren.«

»Freund«, schnaubte Jan, drehte sich um und stapfte in Richtung See.

»Tut mir leid, dass Jan sich gerade so benimmt«, antwortete Jürgen erstaunlich gelassen. »Er leidet genauso wie wir.«

»Das habe ich auch angenommen«, antwortete ich höflich, denn in meinen Augen hatte Jan Thorsten nicht besonders leiden können. Wenn, dann empfand Jan höchstens Mitleid mit Nicole, die jetzt Witwe war.

»Ich hatte von Anfang an ein komisches Gefühl«, gab Jürgen zu.

»Wegen des Krimidinners?«, fragte ich.

»Nein. Campingurlaub. Im Winter. Dann auf engstem Raum …« Er winkte verlegen ab. »Keine Ahnung. Ich wollte eigentlich lieber Winterurlaub in einer Pension machen, aber Thorsten fand die Idee mit dem Wohnmobil unschlagbar.«

Ich sah ihm nach, wie er nun zum Wohnmobil zurückging.

Danach stapfte ich am Klohäuschen vorbei Richtung Haus. Obwohl ich mir eigentlich vorgenommen hatte, Nicole in Ruhe zu lassen, verlangsamten sich meine Schritte, als ich ein Schluchzen aus dem Inneren des Klohäusls hörte. Nicht deine Baustelle, dachte ich mir als Erstes. Aber irgendetwas ließ mich doch innehalten. Dass Nicole jetzt ganz alleine hier war und noch nicht abfahren durfte. Dass ihr eine polizeiliche Befragung bevorstand und sie wahrscheinlich gar nicht wusste, wie es in ihrem Leben weitergehen sollte. Ich wollte mir gar nicht vorstellen, wie es wäre, wenn Jonas gestorben wäre. Natürlich hatte der Tod nicht ursächlich mit meinem Krimidinner zu tun. Aber Thorsten wäre ansonsten nie in meinen Heizungskeller gegangen, das zumindest war klar.

Ich drückte die Tür zum Klohäusl auf und hörte, wie Nicole würgte. Etwas verlegen hörte ich zu, wie sie sich in eine Kloschüssel erbrach. Bevor ich mich zurückziehen konnte, kam sie aus der Klokabine.

»Hi«, druckste ich herum, als sie sich an einem Waschbecken den Mund abspülte. »Kann ich irgendwie …«

Keine Ahnung, helfen?

Nicole kniff die Lippen zusammen, um das Weinen zu unterdrücken und atmete einmal tief ein.

»Nein«, sagte sie nach einer Pause. »Nein. Da kann mir jetzt niemand helfen.«

»Wenn ich trotzdem irgendetwas tun kann …«, fuhr ich fort.

In ihren Augen blitzte ganz kurz etwas Seltsames auf.

»Ich wünschte, ich hätte die beiden nie kennengelernt«, sagte sie mit so viel Hass in der Stimme, dass ich zurückschrak. »Das ist doch alles ein abgekartetes Spiel gewesen. Das mit dem Tod von Thorsten enden musste. Als wäre das Andrea nicht von Anfang an klar gewesen!«

»Was meinst du … damit?«, fragte ich einigermaßen entsetzt.

»Diese ganze Geschichte war doch ein Riesenirrtum, ein vollkommener Schwachsinn!«, fauchte sie mich an.

»Welche Geschichte?«, wollte ich wissen.

»Der gemeinsame Urlaub.«

»Du meinst … einer von den anderen hat … Thorsten auf dem Gewissen?«

»Das meine ich nicht nur! Aber ich werde hier nicht herumspekulieren!«

Damit ließ mich Nicole einfach stehen, und ich rieb mir fröstelnd die Hände. Hatte sie gerade die anderen des Mordes bezichtigt?

Ich warf Clärchen ein paar Schneebälle zu, die sie begeistert fing und gleich auffraß.

»Ganz schlecht!«, rief mir der Schmidkunz zu. »Da kann sie eine Gastritis kriegen!«

Einen Hund zu haben war auch nicht so einfach.

Von der Landstraße bog ein roter Golf zum Campingplatz ab, und Fellner stieg aus. Anscheinend hatte er sich schnell etwas zu essen geholt. Er winkte mir freundlich zu und sperrte dann sein Auto ab.

Zur großen Enttäuschung von Clärchen warf ich nun keine Schneebälle mehr, sondern begrüßte Fellner, der auf der Suche nach Nicole war. Ich begleitete ihn bis zum Wohnmobil, obwohl er natürlich wusste, wohin er musste. Clärchen entschied sich, dem Schmidkunz zu folgen. Ich ging ins Badezimmer, wusch mir die Hände und fragte mich, ob ich jetzt meine Wohnung aufräumen durfte oder nicht. Noch immer standen Teller auf dem Tisch, Reste des Buffets trockneten vor sich hin, und die Küche sah aus, als wäre eine Bombe eingeschlagen. Das musste ich unbedingt Fellner fragen.

Bevor ich das Badezimmer verlassen konnte, hörte ich draußen ziemlich laut die Stimme von Nicole. In meinem Esszimmer?

»Ich kann hier nicht!«, schrie Nicole. »Ich lass mich hier nicht unter Druck setzen! Das ist doch Psychoterror! Meinen Sie, mir fällt das nicht auf?«

»Nein, nein«, stammelte Fellner. »Das ist ein Missverständnis. Ich wollte Ihnen nur die Fahrt ins Präsidium ersparen…«

»Sie wollen den Mörder zurück zum Tatort bringen! Ich bin keine Mörderin! Ich habe ihn geliebt! Mein Leben hat ohne ihn keinen Sinn! Ich wäre am liebsten auch tot!«

»Ich dachte nur, für Sie wäre es einfacher, wenn ich Sie nicht … Aber wir können die Befragung natürlich gerne im Präsidium machen«, stotterte Fellner herum.

Ich hörte angestrengt auf eine Antwort, denn das interessierte mich auch, ob sie lieber ins Präsidium wollte. Eigentlich fand ich es komplett daneben, mein Esszimmer als Befragungsort zu wählen. Eine Weile stand ich mit der Klinke in der Hand vor der Tür und überlegte mir, ob ich jetzt nach draußen gehen sollte oder nicht. Wahrscheinlich waren die beiden längst weg, denn ich hörte eine ganze Zeit nichts.

Doch dann fragte Fellner: »Hat Ihr Mann Beruhigungsmittel genommen?«, und ich entschied mich, im Badezimmer auszuharren.

»Beruhigungsmittel?«, wiederholte Nicole nur.

»Oder nehmen Sie selbst Beruhigungsmittel?«

»Nein. Natürlich nicht! Hatte er was genommen?«, fragte Nicole, plötzlich wieder ruhig. »Dann hat er es bestimmt von Andrea. Die hat ihm doch immer irgendetwas aufgeschwatzt! Irgendwelche Vitaminmischungen, die sie selbst mischte und verkaufte, und diese scheiß Probiotika …« Sie äffte anscheinend gerade Andrea nach, weil sie für das Wort »Probiotika« ihre Stimme veränderte. »Die hatte doch alle möglichen Medikamente zu Hause. Und gerade Beruhigungsmittel kann man als Therapeutin bestimmt brauchen, wenn einem die Patienten durchdrehen!« Ihre Stimme klang anders als sonst, nicht mehr wie die eines kleinen Mädchens, sondern wie die einer Frau, die wusste, was sie wollte. Und zwar den Untergang von Andrea.

Hatten Psychotherapeutinnen einfach Beruhigungsmittel zu Hause? Auszuschließen war das nicht, vielleicht rasteten regelmäßig irgendwelche Leute in ihrer Praxis aus?

»Sie haben also weder jetzt noch früher …«

»Nein, sagte ich doch!«

Ich lehnte mich gegen die Badezimmertür und hatte riesige Ohren. Wenn der Fellner so etwas fragte, konnte das nur bedeuten, dass Thorsten Beruhigungsmittel im Blut gehabt hatte.

»Welches Mittel war es denn?«, fragte Nicole, und sie klang plötzlich erstaunlich ruhig.

»Das darf ich Ihnen nicht sagen«, antwortete Fellner.

»Prozac?«, wollte Nicole wissen.

»Wieso?«, fragte Fellner. »Nahm Ihr Mann Prozac?«

»Nein, nahm er nicht«, antwortete sie mürrisch. »Denken Sie, dass ich auch in Gefahr bin? Wann kann ich denn abreisen?«

Ich wusste, dass es eigentlich kein Problem war, dass sie abreiste – solange keine Fluchtgefahr bestand.

Ich setzte mich auf den geschlossenen Klodeckel und nahm mein Handy zur Hand. Eilig schickte ich Evelyn eine Textnachricht, dass Thorsten Beruhigungsmittel im Blut gehabt hatte, und ihre Antwort kam prompt: »Ich weiß!«

Aha! Hatte sich der Stein wieder verplappert!

»Aber was für ein Motiv sollte Andrea denn haben …«, hörte ich Fellner aus dem Esszimmer fragen, bevor ich zu Ende überlegen konnte, warum Evelyn das mit dem Beruhigungsmittel wusste.

»Das kann ich Ihnen verraten!«, erwiderte Nicole mit ätzendem Tonfall. »Sie war total eifersüchtig, dass ich so einen tollen Mann hatte und sie so einen Versager!«

Damit hatte Nicole anscheinend genügend gesagt, denn im Nachbarraum war es jetzt totenstill. Thorsten hatte natürlich den erfolgreichen Typen raushängen lassen, während Jürgen stets frustriert und bedrückt gewirkt hatte. Außerdem hatte ich mitbekommen, dass er gerade arbeitslos war. Vielleicht ja auch schon länger.

Ich wartete eine Zeit lang, weil Nicole doch wieder zu reden begonnen hatte, doch inzwischen hatte sie sich wohl beruhigt und sprach so leise, dass ich nichts verstehen konnte. Unschlüssig stand ich irgendwann auf und ging zum Badezimmerfenster. Von hier oben konnte ich sehen, wie Nicole mit wütenden Schritten auf ihr Wohnmobil zuging. Dann war die Befragung wohl beendet. Der Schmidkunz warf gerade Schneebälle für Clärchen. Hallo? Von seinen Schneebällen bekam sie wohl keine Gastritis, oder was? Jan ging auf Nicole zu und wollte sie umarmen, aber sie stieß ihn erneut so energisch von sich, dass er ins Taumeln geriet. Er war knallrot im Gesicht, sagte aber nichts, sondern blieb mit hängenden Armen stehen und sah ihr nach.

Danach verließ ich das Badezimmer. Peinlicherweise saß Felix Fellner noch immer am Esstisch und starrte in seine Unterlagen. Im selben Moment stürmte Evelyn ins Esszimmer.

»Und, was war?«, fragte sie Fellner aufgeregt.

»Also, das darf ich Ihnen natürlich nicht …«, fing Fellner an.

»Das müssen wir selbstverständlich dem Hauptkommissar mitteilen«, sagte sie sehr energisch, und er warf mir einen konsternierten Blick zu. »Er ist doch der leitende Kommissar, oder? Natürlich muss Sofia immer alles an ihn weitergeben! Oder wollen Sie mit ihm im Schlafanzug konferieren?«

»Evelyn«, stoppte ich sie, und Fellner sah uns an, als wären wir von einem anderen Stern.

»Herr Schneider leitet die Ermittlungen nicht«, erklärte Fellner irritiert.

»Wir müssen uns vor allen Dingen fragen, wieso Thorsten so benommen gewesen ist. Wir hatten noch gar nicht mit Saufen angefangen!«, stieß Evelyn hervor, da es ihr nicht gelungen war, den Fellner mit ihrem Quatsch zu überrumpeln, und setzte sich nun auf die andere Seite von Fellner. Der arme Polizist musste sich richtig eingekesselt fühlen!

»Er war nicht betrunken«, sagte Fellner überraschend ruhig und souverän.

»Dann war es nur das Beruhigungsmittel. Das ist gut zu wissen«, stellte Evelyn fest. »Ich meine, ich hätte mir ewig Vorwürfe gemacht, wenn er von meinem kleinen Cocktail schon solche Ausfallerscheinungen gehabt hätte.«

»Sie müssen sich keine Vorwürfe machen.«

»Doch. Irgendjemand hat das Essen oder Trinken manipuliert«, klagte Evelyn und tätschelte seinen Unterarm. »Ich war die Gastgeberin, ich war ja für die Sicherheit zuständig! Und dann das! Wie hieß das Mittel gleich noch mal?«

»Tavor«, verplapperte sich Fellner.

Das wäre Jonas nie passiert.

»Okay. Tavor«, überlegte Evelyn. »Das sind natürlich ganz kleine Tabletten.«

Dass Evelyn alle möglichen Beruhigungsmittel kannte, wunderte mich nicht.

»Die kann man leicht irgendwo unterbringen. Vielleicht auch zerbröseln und in ein Getränk mischen. Man hätte das sogar in unserem Beisein tun können!«

»Das glaub ich nicht«, wandte ich vorsichtig ein. »Das wäre uns doch sicher aufgefallen.«

»Hast du die ganze Zeit beobachtet, wer was gemacht hat? Also, ich nicht.«

Ich auch nicht, da musste ich Evelyn recht geben.

»Aber vielleicht sieht man das ja in meiner Story«, schlug Evelyn vor. »Andererseits … ich habe ja nicht ununterbrochen neben unserem Buffet gestanden!«

»Kein Problem«, beruhigte Fellner sie.

»Natürlich ist das ein Problem! Ich bin an seinem Tod schuld!«, jammerte Evelyn theatralisch, und ich verdrehte die Augen, weil sie sich dermaßen offensichtlich an den Kripobeamten heranwarf. »Ich hoffe, Sie haben überprüft, ob einer von ihnen Tavor im Wohnmobil hat.«

»Natürlich«, sagte Fellner, ohne etwas preiszugeben.

»Wir müssen uns schließlich nicht nur fragen, wie es ihm verabreicht wurde. Sondern auch, woher es stammt!«, sagte Evelyn energisch.

Kapitel 11

Schließlich schien Fellner zu begreifen, dass Evelyn nur darauf aus war, ihm alles Mögliche aus der Nase zu ziehen, denn er verabschiedete sich ziemlich abrupt.

»Soderle«, sagte Evelyn, jetzt ganz untheatralisch und überhaupt nicht mehr besorgt über die fehlenden Sicherheitsvorkehrungen bei ihrem Krimidinner. Sie nahm die Hand von einem Notizbuch und schlug es auf.

»Dann schauen wir mal. *Todeszeitpunkt zwischen 21:29 und 22:08. Tod durch Genickbruch, vermutlich Sturz – Fremdeinwirkung nicht ausgeschlossen.*« Sie nickte wissend.

»Das ist doch Fellners Notizbüchlein«, stellte ich misstrauisch fest, während Evelyn weiter darin herumblätterte.

»Hat er wohl hier vergessen«, überlegte Evelyn unschuldig, als wäre ihr das gerade erst aufgefallen.

»Du hast deine Hand auf das Büchlein gelegt«, korrigierte ich. »Er hat es nicht mehr gesehen und deswegen vergessen!«

»Ups«, machte Evelyn und blätterte weiter.

»Und wieso liest du dann da drin?«

»Himmel«, empörte sich Evelyn theatralisch. »Irgendwie musste ich doch herausbringen, wem das Büchlein gehört. Schließlich ist es dein Esstisch und könnte im Prinzip mir gehören.«

»Leg das Notizbüchlein weg!«, befahl ich ihr. »Das geht überhaupt nicht, das ist gegen Datenschutz ...«

Sie blätterte einfach bis zur letzten beschrifteten Seite.

»Das eben war Absicht!«, unterstellte ich ihr. »Du hast ihn mit deinem sagenhaft blöden Geschwafel ...«

»*Sturz ohne Abwehrreaktion des Opfers*«, las sie mir statt einer Antwort vor. »*Tödliche Kopfverletzung.*«

»Da siehst du's«, sagte ich und konnte auch nicht mehr aufhören weiterzulesen. »Dann war ja auch gar niemand schuld. Er ist hingefallen!«

»*Der Sturz durch hohe Dosis an Beruhigungsmitteln im Blut bedingt?*«, las Evelyn vor. »Fragezeichen!«, sagte sie sehr bestimmt. »Wenn er sich sicher wäre, dass es ein Unfall war, hätte er doch ein Ausrufezeichen dahinter gemacht! Und hier: *Nicht auszuschließen Fremdeinwirkung!* Ha!«

Evelyn schlug mit der flachen Hand auf den Tisch. »Und sieh dir das an: *Stumpfe Gewalteinwirkung am Schädel spricht für die Beteiligung einer Person.*«

Enttäuscht schüttelte ich den Kopf. »Aber das kann man dann bestimmt nicht so genau sagen.«

»*Vieles spricht dafür, dass das Opfer zuvor eine mit großer Wucht ausgeführte Ohrfeige erhalten hatte, Trommelfell geplatzt, leichte Einblutungen Auge*«, las Evelyn weiter. »*Täter muss Rechtshänder sein, da Verletzung der linken Wange und Riss des linken Trommelfells.*«

Wir starrten uns eine Weile nur an.

»Na prima. Wer hat ihm wohl eine Ohrfeige gegeben? Doch wohl niemand von uns!«

»Vielleicht ist das schon vorher passiert«, schlug ich vor.

»Und du meinst, Thorsten ist mit gerissenem Trommelfell bei Tisch gesessen?«, fragte Evelyn.

Ich zuckte mit den Schultern.

»Ich bin mir sicher, dass man dann nix hört und dass es wehtut«, wandte Evelyn ein. »Und hast du bemerkt, dass er schwerhörig war?«

Ich runzelte die Stirn, so fest dachte ich darüber nach.

»Oder dass er Schmerzen hatte? Hast du vielleicht sogar in seinem Gesicht Verletzungen gesehen?«

»Ähm«, machte ich ratlos. »Da habe ich nicht darauf geachtet!«

Ich hatte sowieso nur darauf geachtet, dass ich meine Füße vor ihm in Sicherheit brachte.

»Den Schlag hat er auf die linke Wange bekommen. Dann hättest du das doch von deiner Seite aus optimal sehen müssen.«

Ich nickte, erinnerte mich aber nur an Jan, der mir gegenübergesessen hatte.

»*Story Evelyn Kaminski überprüfen*«, las sie mir vor. »Instagram-*Kommentare löschen lassen.*«

»Da hast du den Schlamassel«, regte ich mich auf. War doch klar, dass die Stories Evelyn in Bedrängnis bringen würden.

Auf der Treppe hörten wir Schritte, und Evelyn stand auf.

»Stimmt«, pflichtete sie mir erstaunlich friedfertig bei. »Du findest mich im Café, wenn du was brauchst!«

Im nächsten Moment klopfte es, und Fellner trat ein, auf der Suche nach seinem Notizbuch. Gott sei Dank lag es bereits wieder quasi unberührt auf dem Esstisch, als wäre nichts gewesen.

Danach blieb ich eine Weile ganz alleine in meinem Esszimmer sitzen. Es sah noch immer wüst aus, aber ich hatte erneut vergessen, den Fellner zu fragen, ob ich aufräumen durfte.

»Komm«, sprach ich laut in den Raum. Clärchen sprang sofort auf, Milo hingegen stellte sich tot. Ich hatte Mitleid mit dem alten Hund und ließ ihn zu Hause, während ich mit Clärchen strammen Schrittes zum Seeweg und in den Wald hinüberging. Wenn der See zugefroren war, bekam ich eigentlich immer gute Laune, und es entspannte mich sofort, das spiegelglatte Eis zu sehen. Was für eine zauberhafte Winterstimmung! Mit den Schlittschuhen würde ich mich nicht darauf wagen, die Winter waren in den letzten Jahren leider nicht mehr so kalt gewesen.

Auch Clärchen hatte supergute Laune und kam immer wieder mit lachendem Gesicht zu mir zurück, um dann ebenso fröhlich erneut davonzusausen.

In meiner Anoraktasche dingelten ständig WhatsApp-Nachrichten, die ich zunächst hartnäckig ignorierte. Auf der anderen Seite des Sees setzte ich mich ein Weilchen auf meine Lieblingsbank und betrachtete meinen mörderischen Campingplatz. Als wieder eine Klingelorgie in meiner Tasche begann, holte ich das Handy heraus.

Die Hirschgrundis kommentierten gerade Evelyns neueste Homestory über unseren Campingplatz, die sie anscheinend schon vor dem Mord gedreht und nun endlich online gestellt hatte. Das fühlte sich so wunderbar vertraut und unmörderisch an, dass ich es mir gleich ansehen musste. Ungeduldig stellte sich Clärchen neben mich und legte den Kopf ungläubig schief.

»Nur wenige sind so hartgesotten, dass sie Wintercamping machen wollen«, flötete Evelyn ins Handy, und man sah Vroni und ihren Mann von hinten Richtung Klohäusl gehen. Der Campingplatz sah sehr verschneit aus, was irgendwie verwunderlich war. Denn eigentlich hatten wir aktuell nur eine ganz dünne Schneeschicht.

»Auch hier bei uns geht's gemächlicher zu: Die meisten sitzen in den Wohnmobilen, statt sich davor zu tummeln. Manchmal denkt man, man ist alleine hier … wenn nicht die netten Begegnungen im Waschhaus wären!«

Nun konnte man sehen, wie sich eine absolut stylish angezogene Evelyn im Klohäusl schminkte und mit der Vroni plauderte.

»Das Beste, um die Seele baumeln zu lassen, Entspannung pur!«, erklärte Evelyns Stimme, während man sah, wie sie sich die Wimpern tuschte und dann mit einem sexy Augenaufschlag prüfend in die Kamera blickte. Hatte das etwa der Hetzenegger gefilmt? »Nichts ist besser für das Immunsystem. So gehen wir als Gemeinschaft gestärkt durch den Winter!«

Ich grinste und klickte zurück zu WhatsApp, um mir dort, zum großen Ärger von Clärchen, die restlichen Nachrichten anzusehen.

»Ich glaube, ich habe Wehen«, hatte Klara geschrieben und ein Bild von sich selbst hochschwanger mit einer Nikolausmütze geschickt. Aber dass sie Wehen hatte, glaubte sie eigentlich jeden Tag.

Evelyn hatte eine Sprachnachricht gesendet. »Komm ins Café, bevor die von der Polizei mir alle Kommentare löschen lassen! Die sollten wir noch einmal konzentriert durchgehen!«

Das hatten wir uns eigentlich schon die ganze Zeit vorgenommen, aber es waren einfach so viele!

»Das sind wichtige Hinweise, die jemand von der Polizei wahrscheinlich gar nicht versteht. Ich meine, wer war denn dabei? Die oder wir?«

Clärchen fand auch, dass es Ermittlungsbedarf gab, und sauste wie der Wirbelwind los, als ich wieder aufstand.

»Oh Gott, nerven die mich«, zischte Evelyn, als ich die Tür zum Café öffnete. »Häng doch bitte draußen das Schild »Geschlossen« hin.«

»Wer nervt dich«, fragte ich.

»Andrea hat sich total darüber aufgeregt, dass man meine Story noch sehen kann. Dabei habe ich den Storyteil schon herausgenommen, bei dem ich Thorsten gefilmt hatte. Was sollte ich denn machen? Damals dachte ich doch, dass der Teil zum Krimidinner gehört! Ich habe doch nicht absichtlich eine Leiche gefilmt!«

Ich ging noch mal raus und hängte das auf alt gemachte Blechschild auf, während Evelyn den Bollerofen einschürte und mit griesgrämiger Miene in der fast verloschenen Glut stocherte.

»Aber sie will jetzt, dass ich die Story komplett rausnehme.«

»Dann mach das doch«, schlug ich vor. Denn ich fand das eigentlich auch nicht okay.

Ich setzte mich und sah hinaus auf die Winterstimmung. Langsam erwärmte sich der Raum, und das gemütliche Knacken von Kiefernzapfen erfüllte die Luft. Es roch ein bisschen nach Harz und Feuer und natürlich nach dem köstlichen Kaffee, den Evelyn braute. Das konnte sie wirklich gut!

»Ich habe so viele Abonnenten gewonnen!«, erklärte mir Evelyn mit klagender Stimme. »Was macht das für einen Eindruck, wenn ich jetzt die Story lösche?«

»Andrea sieht wahrscheinlich ihre Persönlichkeitsrechte verletzt«, meinte ich behutsam. »Kann ich auch verstehen.«

»Ich kann das nur verstehen, wenn man etwas zu vertuschen hat«, maulte Evelyn und setzte sich zu mir.

Ich nahm mein Handy heraus und sah mir die Reaktionen ihrer Fans noch einmal an.

»Das ist doch jetzt alles ermittlungsrelevant! Und sie hat keine Lust, sich diesem Druck auszusetzen! Deswegen will sie, dass ich alles lösche! Das hat doch alles seine Gründe!«

»Aber in deiner Story sieht man doch gar nicht, was ermittlungsrelevant ist«, wandte ich ein. »Deswegen finde ich, kannst du das durchaus löschen. Schau, man sieht doch nur, dass keiner den Tisch verlassen hat. Dass wir alle anwesend waren. Dass keiner von uns ein Mörder sein kann.«

Ich las die letzten Kommentare. Jemand hatte geschrieben: »Ist das Blut am Heizungskessel? Wurde der Gigolo etwa mit einem Hocker erschlagen?«

»Kann ich mal dein Handy haben?«, fragte ich. »Und sehen, was du da im Heizungskeller gefilmt hast?«

Evelyn gab grummelig ihr Handy weiter, rutschte dann aber näher zu mir, um sich das Video mit mir anzusehen.

»Schon irgendwie gruselig«, gab sie zu.

»Vielleicht hat Andrea ja doch recht«, versuchte ich sie umzustimmen, sah aber wie gebannt auf das Video.

»Das hab ich doch eh schon rausgenommen. Aber vorher haben es natürlich Tausende von Leuten angesehen«, seufzte sie. »Tut mir ja auch leid. Aber ich hatte in dem Moment einfach vergessen, dass ich die gesamten Videos hochgeladen hatte … im Keller hatte ich ja erst mal gar kein Internet! Das ist erst online gegangen, nachdem ich wieder bei dir in der Wohnung war.«

»Tatsächlich. Da liegt ein Hocker«, murmelte ich. Der war noch von meiner Nonna. Ich konnte mich noch erinnern, dass sie den immer benutzt hatte, um den Regler oben auf dem Heizkessel zu betätigen. Da hatte sie sich immer darüber aufgeregt, dass es so etwas überhaupt gab, eine »Partytaste«, bei der man die Zeitsteuerung außer Kraft setzen konnte. Wenn man nämlich eine Party feierte und die Temperatur nicht schon um einundzwanzig Uhr oder um zweiundzwanzig Uhr herunterfahren wollte. Trotzdem hatte sie die Partytaste hin und wieder benutzt, besonders wenn sie am Abend noch lange genäht hatte.

»Und der Streifen auf dem Heizkessel ist da auch«, stellte Evelyn fest.

»Ja. Das ist aber vom letzten Sommer«, gab ich zu. »Da hatte ich so schmutzige Hände von der Gartenarbeit und hab mich da festgehalten.«

»Ts«, machte Evelyn. »Aber der Hocker hat auch diese Spuren. Soll ich dir was sagen, wir brauchen einfach den Obduktionsbericht.«

Auch wenn Evelyn nicht auf den Hocker gezoomt hatte, sah man deutlich bräunliche Spuren, und ich war mir eigentlich sicher, dass ich den Hocker die letzten drei Jahre nicht benutzt hatte. Denn mal abgesehen davon, dass ich nie die Partytaste gedrückt hatte, war ich auch groß genug und brauchte keinen Hocker.

»Ich werde jedenfalls alles dransetzen, die Ergebnisse des Obduktionsberichts zu bekommen«, sagte Evelyn.

Das konnte alles Mögliche bedeuten. Vielleicht ging sie jetzt mit dem Stein ins Bett oder rief unsere Zweitputzfrau Gerlinde an, die einen heißen Draht zur Polizei hatte. Oder sie ging einfach zur Bäckerei und aß dort eine Mohnschnecke.

Kapitel 12

Im nächsten Moment öffnete sich die Tür zum Café, und Vroni stand auf der Schwelle. Das »Geschlossen«-Schild ignorierte sie einfach. Sie hatte ein riesiges Paket unter dem Arm, das sie mir schwer atmend in die Arme drückte. Mit roten Bäckchen zog sie sich den riesigen roten Skianorak aus, in dem sie aussah, als wäre sie genauso hoch wie breit. Sie schüttelte den Schnee auf ihrer Bommelmütze draußen vor die Tür, während ich das Paket, das an Evelyn adressiert war, auf dem Tresen abstellte.

»Gut, dass du kommst. Dann sind wir zu dritt. Sechs Augen sehen mehr als zwei«, sagte Evelyn. »Wir gehen das jetzt ganz systematisch an. Wir lesen die Kommentare von Anfang an.«

Vroni nickte begeistert, und eine ganze Weile saßen wir nur stumm um den Tisch und lasen. Es wurde immer wärmer, inzwischen hatte wahrscheinlich auch ich rote Bäckchen von der Hitze.

Viele Kommentare hatten zum Thema, weshalb Thorsten das Zimmer verlassen hatte. Die einen plädierten dafür, dass er aufs Klo gehen oder sich heimlich mit jemandem treffen wollte. Außerdem wussten Evelyns Fans natürlich nicht, dass wir wussten, wohin er gegangen war: zum Wohnmobil von Andrea. Und dann war er wahrscheinlich unverrichteter Dinge wieder zurückgekommen. Denn laut Erika war das Wohnmobil versperrt gewesen.

»Vielleicht wollte er sein Handy holen«, schlug ich vor.

»Aus dem Wohnmobil von Andrea und Jürgen?«, fragte Evelyn skeptisch.

»Bei denen war das doch ein ständiges Hin und Her!«, berichtete Vroni kopfschüttelnd. »Das hab ich ja so noch nie gesehen, da kam die Andrea zum Thorsten ins Wohnmobil, und Nicole ging zu Jan und Jürgen. Und dann wurde wieder getauscht. Das war schon ein bisschen komisch.«

Die waren halt sehr gut befreundet. Bei der Vroni gab's das natürlich nicht. Sie sagte immer, der Wohnwagen, das war das Schlafzimmer, da lud man doch nicht einfach andere Leute ein und setzte sich dann mit denen sozusagen aufs Bett! Wenn man Leute treffen wollte, dann vor dem Wohnwagen, jeder auf seinem eigenen Stuhl. Und wenn's ein bisschen windig war, dann eben im Vorzelt. Aber im Wohnwagen, das war höchst verdächtig!

»Vielleicht hatte er dann sogar einen Schlüssel zum Wohnmobil«, überlegte ich.

Evelyn fand das auch nicht verdächtig. Aber eine wie sie, die sich gerne die Nächte mit einsamen Campern vertrieb, hatte wohl für viele Dinge Verständnis, die Vroni suspekt erschienen. Mit einem Seufzen stand Evelyn abrupt auf und öffnete das Paket, das Vroni gebracht hatte.

Sie quietschte begeistert los und klebte das Paket

gleich wieder zu. Als sie ihr Handy nahm und in die Kamera fragte, was in dem Paket sei, wusste ich auch wieso. Mit nur einer Hand öffnete sie jetzt den Karton.

»Schaut doch mal, was ich eben geschickt bekommen habe! Einen total hochwertigen Smoothie-Maker! Einen Hochleistungsmixer!«

Sie schickte das Video in ihre Story, legte das Handy weg und klatschte begeistert in die Hände.

»Mein erstes richtiges Werbegeschenk!«, jauchzte sie begeistert. »Jetzt geht es richtig los!«

Sie stieß die Faust in die Luft und rief: »Ich bin ein Gewinner!«

Auch Vroni riss die Arme nach oben und rief mit ihrer verstellten tiefen Stimme: »Ich bin ein Gewinner.«

Was für ein Glück aber auch! Dann blieb ja zu hoffen, dass Evelyn ihre Stories jetzt mit dem Influencer-Kram gefüllt bekam und nicht mit den Mordermittlungen!

Gleich im nächsten Moment sah Evelyn wieder frustriert aus. »Smoothie-Maker im Winter! Na toll! Wer will denn im Winter eiskalt pürierte Früchte trinken!«

Sie nahm wieder ihr Handy zur Hand und las weiter Kommentare.

»Ach Quatsch«, sagte ich. »Es gibt doch bestimmt auch warme Smoothies.«

Evelyn begann wieder zu strahlen und zückte ihr Handy.

»Bibber-Alarm im Winter? Nicht mit Evelyns Smoothie-Party!«, zwitscherte sie ins Handy. »Heiße Wintersmoothies wärmen von innen, der perfekte Start in den frostigen Morgen!«

Besser hätte ich das als Texterin auch nicht zustande gebracht, was Evelyn da spontan babbelte!

Während ich mich wieder pflichtbewusst den Kommentaren widmete, schien Evelyn jedes Interesse an einer systematischen Kommentaranalyse verloren zu haben. Sie baute den Mixer auf und googelte nach Rezepten. Auch Vroni hatte ihre Prioritäten umgeschichtet.

»Irgendetwas Winterliches!«, schlug sie vor. »Was hältst du davon …«

Während die beiden herumüberlegten, scrollte ich zunehmend lustlos durch die Unmengen von Kommentaren und stolperte über einen Beitrag, bei dem jemand die Namen unserer Gäste benutzte. Bis jetzt hatten wir streng darauf geachtet, auf Social Media keine Namen öffentlich zu machen. Aber vielleicht hatte sich Evelyn nicht einmal mehr daran gehalten!

»Thorsten, Nicole, Andrea und Jürgen«, erzählte der Schreiber, tango_artist_325, der die vier in der Story von Evelyn erkannt hatte, »waren bei uns auf den Tanzpartys.«

»Seht euch das an!«, unterbrach ich die Rezeptsuche der beiden.

»So, das wird jetzt mal richtig interessant!«, murmelte Evelyn, während sie sich die Hände an ihrer Schürze abwischte. Mit ihrer superschnellen Wischtechnik schrieb sie dem Tango-Artisten eine Privatnachricht.

Zurück kam eine Sprachnachricht. Tangoartist war auf jeden Fall ein Mann, und er klang ziemlich jugendlich. »Recht viel kann ich über die vier nicht sagen, sie waren ein paarmal auf einer Tanzparty von unserem Club. Allerdings hatten sie keine Tanzkurse belegt und waren auch in keinem der Tanzkreise. Erst waren nur Thorsten und Nicole da, Thorsten hatte sich mal während einer Party zu meiner Tanzclique gesellt. Hatte den Eindruck, die beiden suchen Anschluss.«

»Und, wie war er so?«, fragte Evelyn zurück.

»Unsäglich unterirdische Witze«, kam eine weitere Sprachnachricht »Ziemlich sexistisch angehaucht. Meine

Tanzpartnerin und ich hatten den Eindruck, dass er mit uns anbandeln wollte. Wollte unbedingt Tanzschritte gezeigt kriegen.« Wir hörten ein etwas belustigtes Auflachen. »Dachte, dass man das Tanzen innerhalb von ein paar Minuten lernt und dass es nur ein paar Figuren braucht, um richtig tanzen zu können. War nicht so unser Fall. Meine Tanzpartnerin hatte das Gefühl, dass die was anderes suchen. Die wollten auch nicht nur Tanzpartnerwechsel, sondern mehr …«

»Was mehr?«, tippte Evelyn.

»Na ja, dass es auch nach der Tanzparty noch weitergeht. Und zwar mit mehr als nur einer netten Unterhaltung. Richtig schmierig der Kerl.«

So hatte ich Thorsten zwar nicht empfunden – aber er hatte Jonas und mich auch nicht zum Gruppensex eingeladen.

»Wir haben sie zwar noch ein paarmal gesehen, aber mit uns haben sie dann keinen Kontakt mehr aufgenommen. Irgendwann war dann das andere Pärchen mit von der Partie.«

Evelyn sah mich triumphierend an. »Und der Sohn?«

»Den Sohn kenne ich nicht.«

Evelyn legte das Handy weg und behauptete: »Das habe ich mir schon gedacht. Sieht man ja schon an Thorstens Ausrüstung mit Sexspielzeug!«

»Oder auch nur wechselnde Partner«, vermutete ich.

»Das wird nicht jedem gepasst haben«, mutmaßte Evelyn. »Und jetzt haben sich halt die Richtigen gefunden.«

Oder vielleicht auch nicht die Richtigen.

»Lass uns doch mal diesen Thorsten googeln«, schlug Evelyn vor, und wir beugten uns gemeinsam über ihr Handy. Unter seinem Namen fanden wir sofort eine Homepage: »Thorsten Wildgruber – ihr Work-Life-Balance-Coach.« Aber das hatten wir ja schon gewusst. Bei seinen Angeboten stand: »Seminare, Einzelcoaching, Workshops und Analysegespräche.«

Ein großer Punkt war das »Ich bin ein Gewinner«-Seminar, und man konnte dort lesen, wie viele Personen schon begeistert über ihre Erfolge berichteten. Eine davon war auch Andrea V. Das musste Andrea Vorderholzer sein, unsere Psychotherapeutin. Ihrem Mann hatte sie offensichtlich kein Seminar spendiert, der war ja noch immer arbeitslos und nicht besonders erfolgreich.

»*Der Gewinner lernt täglich etwas Neues. Redet über Ideen und Möglichkeiten. Er hilft anderen und unterstützt sie, und er arbeitet hart an sich selbst!*«, las mir Evelyn vor und stellte fest: »Ich bin der totale Gewinnertyp.«

Den Eindruck hatte ich auch.

»*Der Verlierer redet nur über Probleme und Menschen. Er gibt anderen die Schuld für seine Fehler. Hängt vor dem Fernseher, anstatt Sport zu machen.*« Evelyn klickte weiter. Das mit dem Sport fand sie nicht so relevant.

»*Der Zehn-Punkte-Plan zum absoluten Erfolg.*«

Am Ende der zehn Punkte konnte man einen Online-Kurs zu dem Thema oder persönliche Coaching-Stunden bei Thorsten buchen. Direkt neben dem Button sah man den braun gebrannten Thorsten mit einem megastrahlenden Lächeln. Seine Zähne schienen zu blinken.

Davon, dass er Gruppensex haben wollte, stand dort natürlich nichts. Evelyn klatschte in die Hände.

»Lest ihr weiter, ich mach jetzt eine Story mit dem Smoothie-Maker«, sagte sie. »Wo hast du denn diese alten roten Plastikrührlöffel von deiner Großmutter?«

Bevor wir das mit den Plastiklöffeln klären konnten, kam die Schmidkunz aufgeregt ins Café. Anscheinend war das jetzt zum allgemeinen Hobby der Hirschgrundis geworden, sich mit dem Hashtag #evelynskrimidinner zu beschäftigen.

»Seht euch das mal an!«

Dabei hielt sie uns ihr Handy vor die Nase. Das Posting zeigte das Bild eines Handys, das auf einer Spiegelablage lag. Das Posting war schon älter, anscheinend war es noch in der Mordnacht hochgeladen worden.

»Die Köchin hat ihr Handy vergessen!«, stand daneben. »Was hat sie neben ihrer Küchenarbeit noch alles getrieben?«

Gepostet war das alles von einem Account namens »Miss Marple«.

»Das ist das Waschbecken neben der Tür im Klohäusl«, schrie Vroni richtig aufgeregt. »Da, den Riss im Porzellan, den kenne ich doch! Das ist in unserem Klohäusl, ich bin mir total sicher!«

»Geh mal auf den Account von Miss Marple«, schlug ich vor. »Das ist doch garantiert die mit den Post-it-Zetteln! Das ist einer deiner Fans!«

Und mir schwante schon, wer das sein könnte. Denn wer war mit seinem Handy am Abend hier auf dem Campingplatz herumgeschlichen?

»Das muss diese Johanna sein!«, sagte ich. »Hattest du ihr nicht gesagt, sie darf hier nicht filmen?«

Ich klickte auf das Profilbild, aber es war ein Bild von Margaret Rutherford als Miss Marple.

»Ich war mit was anderem beschäftigt«, gab Evelyn zu. »Da ist doch in der Mordnacht alles drunter und drüber gegangen, da habe ich überhaupt nicht mehr an Johanna gedacht!«

Der Account von Miss Marple hatte ganz schön viele Follower, aber nur Bilder von unserem Campingplatz. Und eigentlich nur zum Thema #evelynskrimidinner!

»Da hinten, das bin ich«, beschwerte sich die Vroni.

»Wie sieht denn da mein Hintern aus! Die kann doch nicht solche Fotos ins Netz stellen!«

»Man weiß doch gar nicht, wer das ist«, wandte Evelyn ein.

»Aber das ist mein Anorak«, empörte sich die Vroni. »Wer soll es denn sonst sein!«

»Da, zu meinem Waschbecken gibt's gleich mehr Bilder!«

Die konnte doch nicht einfach eines meiner Waschbecken ins Netz stellen. Ich fühlte gerade massiv die Privatsphäre meines Klohäusls verletzt! Mit spitzen Fingern klickte ich auf das Posting. Es gab fünf Bilder, als erstes nur das Waschbecken, das Handy nur klein am Rand. Dann war der Fotograf immer näher an das Handy herangegangen, man sah, dass sich der Sperrbildschirm des Handys noch nicht eingeschaltet hatte.

»Die Köchin hat sich übergeben, ein Hinweis darauf, dass sie von dem giftigen Essen probiert hat?«, war die Frage darunter, die eifrig von den Followern diskutiert wurde.

Wenn Miss Marple nicht Johanna war, dann wusste ich auch nicht!

»Danach hat sie ihren Mund ausgespült und dabei das Handy weggelegt. Noch mit nassen Fingern musste sie unbedingt noch eine letzte Nachricht schreiben ...«, schrieb Miss Marple.

Das klang ein bisschen, als wäre Nicole danach sofort gestorben.

»Seht selbst!«, stand auf dem letzten Bild, und nun war das Display des Handys formatfüllend abgebildet.

Diese letzte Nachricht »der Köchin« war an einen Nutzer namens »Bärchen« geschrieben. Das Wort »Bärchen« war zwar digital überschwärzt, aber man konnte sich trotzdem zusammenreimen, was dort stand.

»Entscheide dich. Andrea oder ich.«

»Andrea oder ich!«, stieß die Vroni begeistert hervor. »Die hat ihm die Pistole auf die Brust gesetzt!«

»Meint ihr, dass Thorsten das Bärchen ist?«, fragte ich.

»Natürlich. Wer soll denn das sonst sein?« Evelyn rollte mit den Augen. »Hätte ich ihr gar nicht zugetraut. Sie wirkt wie eine schwache Frau, die alles mit sich machen lässt. Ihrem blöden Macker zu Füßen liegt und sich über ihre eigenen Wünsche keine Gedanken macht«, stellte Evelyn überrascht fest.

»Und dann hat sie ihn umgebracht?«, fragte die Vroni mit weit aufgerissenen Augen.

»Hat ihm eine Ohrfeige gegeben und ihn dann in den Keller gestoßen?«, vervollständigte ich ihre Frage.

»Hm«, machte Evelyn nur, weil sie noch immer das Bild von Miss Marple ansah.

»Könnt ihr euch vorstellen, dass Nicole so zuschlagen kann, dass jemandem das Trommelfell platzt?«, fragte ich vorsichtig nach, weil sie sich jetzt alle auf Nicole als Täterin eingeschossen hatten.

»Vorher hättest du ihr auch nicht zugetraut, dass sie ihren Mann so unter Druck setzt!«, wandte die Vroni ein.

»Aber die Nicole …« Ich konnte mir das überhaupt nicht vorstellen. »Sie war doch tatsächlich die Einzige, die die Küche nicht verlassen hatte.«

»Doch. Zum Kotzen«, wandte Evelyn ein.

»Aber das war doch, bevor Thorsten das Zimmer verlassen hatte!«, erinnerte ich die beiden. »Tatsächlich war Nicole die ganze Zeit in der Küche, während wir Thorsten gesucht haben.«

»Dann hatte sie einen Helfer!«, schlug Evelyn begeistert vor und tippte schon wieder rasend irgendwelche Sachen in ihr Handy.

»Halt!!«, stoppte ich sie. »Meinst du nicht auch, dass Nicole deine Stories verfolgt? Willst du ihr jede Information einfach so zukommen lassen?«

Enttäuscht sah Evelyn vom Handy auf. »Das wären jetzt so tolle neue Informationen! Meine Fans warten doch auf neue Hinweise!«

»Nein, Evelyn«, sagte ich in einem Ich-bin-ein-Gewinner-Tonfall, der bei Evelyn seine Wirkung zeigte. »Wir lassen die Infos alle Fellner zukommen. Und wir halten uns und deine Fans da raus! Sonst landest nämlich du im Gefängnis!«

Schließlich stapften Evelyn und ich mit Clärchen vom Café zurück zum Wohnhaus. Vroni versprach uns, Fellner zu suchen und ihm die ganzen Infos weiterzugeben. Wir gingen in die Küche, und während Evelyn in den Schubladen kramte, blieb ich frustriert vor dem Chaos stehen, das hier noch immer herrschte.

»Darf man da jetzt wenigstens abspülen?«, fragte ich.

»Ich ruf Erika mal an«, versprach Evelyn, wühlte aber weiter in meinen Schubladen nach besonders dekorativen Löffeln oder Messern. Sie ließ eine der Schubladen offen stehen und begann auf ihrem Handy Nachrichten zu tippen. Nachdem es auf meinem Handy gedingelt hatte, wahrscheinlich an die Hirschgrundis, die WhatsApp-Gruppe unserer Camper, dingelte es ununterbrochen weiter, und ich sah mir die Nachrichten an. Die Vroni und die Schmidkunz versprachen, zu kommen und mit mir die Küche in Ordnung zu bringen.

»Hör dir das an«, sagte Evelyn und hielt mir das Handy hin.

»Die Küche könnt ihr jetzt gerne putzen«, vernahm

ich Erikas Stimme in einer Sprachnachricht. »Habt ihr noch Lachs-Spinat-Rolle? Die müsstet ihr uns aufheben.«

»Will Erika die essen?«, fragte ich misstrauisch.

»Wie bitte, das Tavor war in der Lachs-Spinat-Rolle?«, fragte Evelyn als Sprachnachricht, die schneller gecheckt hatte, was Erika damit meinte.

»Wie bitte, in der Lachs-Spinat-Rolle?«, wiederholte ich entsetzt. »Aber …«

»Zwinkersmiley«, sagte Evelyn düster.

»Was?«

»Sie hat mir nur einen Zwinkersmiley geschickt, aber das beantwortet die Frage ja auch«, erklärte sie mir seufzend.

»Aber …«, sagte ich nur, während sich meine Gedanken überschlugen.

»Da war das Tavor drin!«, jauchzte Evelyn. »In deiner Lachs-Spinat-Rolle! Das ist ja wunderbar!«

»Spinnst du?«, jammerte ich. »Was soll daran wunderbar sein!«

»Dann wissen wir schon mal, dass derjenige, der die Lachsrolle gemacht hat, nicht der Mörder ist! Sie wurde sozusagen erst später präpariert. Also war nicht in jedem der Stücke ein Tavor, sondern nur in dem von Thorsten. Das verändert die Lage doch erheblich!«

»Wie steh ich denn jetzt da!«, jammerte ich trotzdem weiter. »Als würde ich meine Gäste betäuben wollen! Ich war das nicht!«

»Natürlich warst du das nicht! Aber das bringt uns jetzt einen riesigen Schritt nach vorne. Das ist ein toller Ermittlungsansatz! Wann hast du die Rolle gemacht?«

»Am Vormittag. Vor dem Krimidinner«, antwortete ich frustriert.

»Und danach?«

»Danach habe ich sie zum Abkühlen auf den Balkon gestellt.«

»Auf den Balkon«, freute sich Evelyn.

»Zu deinem Mousse au chocolat«, seufzte ich.

»Und wer hatte Zugang zu deinem Balkon?«, fragte sie mit einer Stimme, als wäre sie kurz vor dem Ermittlungsdurchbruch.

»Na, jeder. Das weißt du doch.«

Am einfachsten wäre es natürlich für uns Frauen gewesen, die wir ständig in der Küche herumgewuselt waren. Aber auch die Männer hatten Einkäufe nach oben getragen. Der Einzige, der nicht in meiner Wohnung gewesen war, war Thorsten, aber das half uns jetzt auch nicht weiter!

Wer hatte die Möglichkeit gehabt, meine Vorspeise zu präparieren?

Kapitel 13

»Nicole«, sagte Evelyn nachdenklich. »Sie ist die ganze Zeit in der Küche herumgewuselt und hatte die Gelegenheit. Also, soll ich dir was sagen, die steckt da tiefer drin, als wir uns das vorstellen können! Wir müssten sie nur ein Weilchen observieren …«

»Hast du nicht gesehen, wie sie zusammengebrochen ist?«, fragte ich nach. »Sie war komplett am Ende, als sie erfahren hat, dass Thorsten tot ist! Wenn sie da mit drinhängen würde, dann hätte sie doch nicht so hysterisch reagiert!«

Ich erinnerte mich daran, dass Erika die Reste der Lachsrolle haben wollte, und nichts war mir lieber, als die aus dem Haus zu haben! Eilig ging ich ins Esszimmer, auf dem noch immer Geschirr stand, und suchte nach Lachs-Spinat-Rollen, aber anscheinend hatte jeder seine Vorspeise gegessen. In der Küche wurde ich noch einmal fündig. Jemand hatte das Tellerchen hinter meinen Wassersprudler geschoben. Die Lachs-Rolle sah nicht mehr besonders appetitlich aus, als hätte schon jemand darin herumgestochert.

»Das ist die von Nicole«, stellte Evelyn fest. »Die

habe ich ihr hingestellt, weil sie sich nicht mit an den Tisch setzen wollte.«

Ich ließ die Lachsrolle von Nicole in einen Gefrierbeutel gleiten und machte sie mit einem Clip zu. »Für Fellner«, schrieb ich mit Permanentmarker drauf.

»Außerdem verstehe ich nicht, wieso sie Thorsten dazu zwingen will, sich zwischen Andrea und ihr zu entscheiden, wenn sie ihn dann eine halbe Stunde später umbringt. Logisch ist das nicht!«, wandte ich ein.

Diesmal konnte ich nicht verhindern, dass Evelyn diese Frage sofort ihren Fans stellte.

»Das muss aufhören!«, sagte ich zum wiederholten Mal. »Du machst dich strafbar!«

Mir war immer noch nicht ganz klar, ob die Leute wussten, dass es um einen echten Mord ging und nicht um ein Krimidinner!

»In spätestens einer halben Stunde haben wir lauter neue Ideen zum Täter«, prahlte Evelyn. »In der Zeit mach ich schnell meine Story zum Smoothie-Maker!«

Glücklicherweise kamen danach die Vroni und die Schmidkunz hoch und lenkten mich ein wenig ab. Evelyn, die wenig Begeisterung für Hausarbeit hatte, verabschiedete sich. Während die Vroni routiniert den Geschirrspüler einräumte, begann die Schmidkunz das Esszimmer zu saugen. Ich legte den Gefrierbeutel mit der Lachsrolle für die SpuSi auf den abgeräumten Esszimmertisch und holte mir einen neuen Müllbeutel, um die restliche Mousse au chocolat hineinzukratzen. Der Geschirrspüler fing zu brummen an, und hinter mir ertönten Stimmen – die kamen allerdings aus dem Handy von der Schmidkunz, die fertig gestaubsaugt hatte. Gemeinsam sahen wir uns die allerneueste Story von Evelyn an, die mit riesiger Begeisterung Werbung für den Hochleistungsmixer machte.

»Der Hals kratzt, du fühlst dich schlapp und spürst die nächste Erkältungswelle schon heranrollen? Dann hilft nur eins: Schmeiß den Hochleistungsmixer an und zauber dir den Erkältungskiller schlechthin: Ingwer Shots!«

»Wichtiger ist es, sich die Hände anständig zu waschen!«, wandte die Schmidkunz ein. »Mindestens zwanzig Sekunden. Eigentlich müsstest du mehrfach am Tag das Klohäusl desinfizieren lassen.«

Wie sollte ich denn das machen? Meine Putzfrau Fanny hatte es schon wieder im Kreuz, und Gerlinde, ihre Unterstützung, hatte angekündigt, erst wieder zu arbeiten, wenn der mysteriöse Verteiler der Herzchen-Post-its gefasst war!

»Der Gröning sagt, er geht immer im Wald bieseln«, erklärte ich der Schmidkunz. Und die mörderischen Camper würden demnächst abreisen, dann war eh kaum noch wer hier!

»Um sich nicht zu infizieren?«, fragte die Schmidkunz.

»Nein. Um Wasser zu sparen«, sagte ich.

Vroni schob hinter mir eine Besteckschublade zu, die ziemlich schepperte.

»Das muss mal geordnet werden, da drin«, erläuterte sie. »Wie sieht das denn aus? Die Schublade kann man ja gar nicht mehr gut hineinschieben!«

Ich stellte mich neben sie und sah, dass sich in der Schublade ein Schneebesen, ein Bratenwender und ein Servierlöffel verkeilt hatten und das Schließen der Schublade unmöglich machten.

»Das war Evelyn«, erklärte ich, während ich versuchte, den Schneebesen heil aus dem Chaos zu manövrieren, ohne alle Drähte zu verbiegen.

»Du musst deine Schubladen mal wieder ganz ausleeren«, tadelte mich die Vroni, als ich mich deprimiert an den Küchentisch setzte und keinen Arbeitseifer zeigte. »Da liegen lauter Brotbrösel drin. Das kippen wir jetzt aus, und dann schaust du mal ... das muss doch bestimmt nicht alles in der Küchenschublade liegen.«

Ich nickte brav, und klirrend rutschte das Besteck vor mir auf den Tisch, inklusive einer ganzen Menge Dreck, der sich ganz weit hinten angesammelt hatte. Wie peinlich! Ich war mir sicher, dass die letzte, die diese Schublade gereinigt hatte, meine Großmutter gewesen war. Vroni drehte sich um und begann die Oberflächen abzuwischen, während ich die Küchenutensilien, die vor mir lagen, sortierte. Ganz hinten in der Schublade hatten sich Dinge von historischem Wert angesammelt. Unter anderem ein angefangener Einkaufszettel meiner Nonna, der mich ziemlich traurig stimmte. Sogar eine fleckige, zerdrückte Aspirinpackung lag da, schon seit Jahren abgelaufen, das stimmte mich noch wehmütiger, denn auch die war natürlich von meiner Nonna, die nichts davon hielt, Schmerzen auszuhalten. Bevor ich das alles in den Müllbeutel kehren konnte, hielt mich die Schmidkunz ab.

»Das musst du doch alles trennen!«, ermahnte sie mich. »Da, das Papier in den Papiermüll ... und die Medikamente ...« Sie schob die Medikamente in eine Ecke. Hustenbonbons, Aspirin und Tavor.

»Soll ich die in die Apotheke bringen?«, fragte ich, in der Hoffnung, dass sie selbst anbieten würde, es ihrem Mann mitzugeben.

»Nein. Die können einfach in den Müll.«

Im nächsten Moment begriff ich, was ich da sah. Einen Blister Tavor! Das sehr starke Beruhigungsmittel, das Thorsten vor seinem Tod eingenommen hatte – oder ihm verabreicht worden war!

Ich hörte, wie jemand ins Esszimmer stürmte. Schon von der Tür aus rief Evelyn: »Habt ihr meine Story gesehen? Meint ihr, das taugt so?«

Und ich krächzte etwas verzweifelt: »Ich habe das Tavor gefunden!«

Eine Weile standen wir um den Blister Tavor herum. Es fehlten schon sieben Tabletten, und ich war froh, dass ich das nicht am Mordabend gewusst hatte. Sonst wäre mir da schon die ganze Zeit schlecht gewesen!

Evelyn machte ein Foto von dem Blister. Diesmal schien sie auch nicht so genau zu wissen, was sie sagen sollte.

»Das müssen wir Fellner zeigen«, schlug sie schließlich vor. »Der muss sofort Nicole festnehmen.«

»Aber zu der Schublade hatte doch Krethi und Plethi Zugang«, wandte ich ein.

»Nimmst du denn vielleicht Tavor?«, fragte die Schmidkunz. »Oder Jonas?«

Ich verdrehte nur die Augen.

»Und ich bezweifle, dass das Medikamente von deiner Großmutter sind.«

Sah man ja schon am Haltbarkeitsdatum, dass das eine ganz frische Packung sein musste!

Dann hörte man nur noch das Brummen des Geschirrspülers, bis Vroni seufzte und einfach mit dem Aufräumen der Küche weitermachen wollte.

»Sollte da nicht noch mal die Spurensicherung, nach diesem Fund …«

»Was soll die da schon finden!«, sagte die Vroni. »Da sind doch wohl überall unsere Fingertapper!«

Während ich Vroni vom Putzen abhielt, las uns Evelyn einen Kommentar von Krimimimix34 vor: »Hört euch das an: Habt ihr schon mal daran gedacht, dass Thorsten gar nicht sterben sollte?«

Ich stöhnte.

»Und dass jemand anders umgebracht werden sollte?«

»Oder vielleicht überhaupt niemand umgebracht werden sollte!«, schlug ich vor und sank wieder auf den Küchenstuhl. Die Schmidkunz und die Vroni werkelten wieder herum und putzten die Oberflächen, während Evelyn auf dem Handy herumdrückte.

»Wir müssen mehr über das Motiv nachdenken«, las Evelyn vor.

Meine Gedanken waren am Kreisen. Die Frage nach dem Motiv war tatsächlich eine sehr wichtige. Denn was würde ich machen, wenn sich Jonas nicht zwischen Andrea und mir entscheiden könnte. Würde ich dann Jonas umbringen? Doch wohl eher Andrea!

Das Staubsaugergeräusch verstummte, während sich die Schmidkunz bückte und sagte: »Ich hab jetzt eine Socke eingesaugt.«

Während ich die Socke aus dem Staubsaugerbeutel herauspfriemelte – Clärchen hatte dummerweise die Angewohnheit, sich frei laufende Socken zu schnappen und in der Wohnung zu verteilen – sagte ich, an den Staubsaugerbeutel gewandt: »Eigentlich hätte Nicole eher Andrea umbringen sollen. Rein von der Logik her.«

Die Socke war jetzt mit Staubflusen überzogen und sah schrecklich aus.

»Andrea«, wiederholte Evelyn nur.

»Andrea!«, wiederholte ich jetzt aufgeregt. »Da fällt mir doch gerade ein, dass … Andrea hat sich nicht an den Platz gesetzt, den wir ihr zugedacht hatten!«

Plötzlich fiel es mir wie Schuppen von den Augen.

»Sie hat ihr Platzkärtchen mit dem von Thorsten vertauscht.«

»Das ist ja großartig«, sagte Evelyn, sie klang begeistert. »Ich sag euch eins, der Mordanschlag hat eigentlich Andrea gegolten! Deswegen auch der Zusammenbruch von Nicole! Unwissentlich hat sie nicht die Nebenbuhlerin, sondern den geliebten Mann ermordet!«

Natürlich wollte Evelyn das sofort mit ihrer Fangemeinde durchkauen, aber ich war schneller und informierte Fellner, der sich glücklicherweise noch auf dem Campingplatz herumtrieb. Vroni war so begeistert über »ihre« Entdeckung, dass sie gleich eine Küchenführung gab.

»Ja, das sieht doch so aus, als hätte der Mörder das Medikament verschwinden lassen wollen!«, erklärte die Vroni Fellner und zeigte ihm den Inhalt der verschmutzten Schublade. »Die hat bestimmt die Tablette ins Essen gegeben, und dann musste es schnell gehen.« Sie sah sich hektisch um, als wäre sie selbst die Mörderin, die nach einer Versteckmöglichkeit für das Tavor suchte. »Schließlich waren da ja auch alle möglichen Leute um den Mörder herum, wir hätten also jederzeit etwas bemerken können. Also wohin so schnell mit dem Zeug?« Sie fuchtelte mit den Händen. »Wenn ich so ein Mörder wäre, dann würde ich es auch irgendwo verstecken, wo kein Mensch danach suchen würde. Und bei dem Saustall, der in dieser Schublade herrschte, da dachte sich der Mörder, dass das in den nächsten zehn Jahren nicht gefunden wird!«

Ich wurde rot.

Das mit dem Saustall und den zehn Jahren stimmte natürlich. Ich wäre ja selbst überhaupt nicht auf die Idee gekommen, die Schublade auszuleeren. In solchen Dingen war ich nicht besonders übereifrig, man musste nicht unbedingt jede Schublade bis in den hintersten Winkel klinisch rein halten, es reichte ja, wenn die vordersten zwanzig Zentimeter den Eindruck einer gewissen Ordnung boten.

»Und wer hatte Zugang zu der Küche?«, fragte Fellner, als hätten wir ihm nicht schon ein paarmal erzählt, dass in diesem Haus ständig ein komplett unkontrolliertes Kommen und Gehen herrschte und jeder Zugang zu der gesamten Wohnung gehabt hatte.

»Na, jeder«, sagte die Vroni fröhlich.

Ich hatte plötzlich das Gefühl, als hätte ich ein Insekt ins Auge bekommen, und zwinkerte mit den Augen.

»Also man kann überhaupt nicht sagen, wer wann wo alleine gewesen ist!«, machte Vroni beschwingt weiter, als wäre das ihr Verdienst.

Außer Jonas. Der war jetzt fein raus, denn jeder konnte bezeugen, dass er die ganze Zeit in unserem Bett gelegen und sich nicht von der Stelle bewegt hatte.

Danach zeigte Evelyn Fellner noch in ihrer Story, wie Andrea die Platzkärtchen vertauscht hatte. Ich hatte keine Lust mehr auf Aufräumen und tat stattdessen so, als müsste ich mich um Jonas kümmern. Der schlief zwar tief und fest, aber so konnte ich ein bisschen Adrenalin abbauen und in aller Ruhe aus dem Fenster starren.

Von dort aus beobachtete ich, wie Evelyn zum Café ging, während die Schmidkunz und die Vroni Fellner zu Andrea begleiteten. Ich wartete gespannt, aber anscheinend waren die drei nicht in ihrem Wohnmobil. Auch Nicole war nicht in ihrem Wohnmobil, denn die zwei Frauen verabschiedeten sich von Fellner und gingen zurück zu ihren Wohnwägen. Fellner sah ich zurück zum

Wohnhaus kommen. Neben mir dingelte mein Handy wie wild, meine Hirschgrundis waren nun auf elektronische Unterhaltung umgestiegen.

»Ich observiere das Wohnmobil von Nicole«, verriet uns Vroni. »Habe ich Fellner versprochen. Wir wissen nicht, wohin sie verschwunden ist.«

Auch die Schmidkunz schien auf der Lauer zu liegen. Danach klingelte mein Handy. Es zeigte mir die Nummer von Evelyn an. Als ich dranging, hörte ich als Erstes nur ein wildes Schnaufen.

»Evelyn?«, fragte ich besorgt.

»Habe Nicole eben am Café vorbeistiefeln sehen und verfolge sie jetzt! Die will doch gerade abhauen!«, erzählte sie mir mit gedämpfter Stimme. »Bin gerade auf dem Seeweg Richtung Ort! Ich nehme an, sie trifft sich dort mit Andrea und Jürgen. Ich bräuchte dringend deine Unterstützung!«

»Die werden essen gegangen sein«, schlug ich vor. »Vielleicht wollte sich Nicole denen anschließen.«

»Quatsch, anschließen«, flüsterte Evelyn. Sie keuchte ziemlich, anscheinend verfolgte sie Nicole tatsächlich schnellen Schrittes. »Jetzt komm schon! Ich bin mir sicher, dass Nicole die Mörderin ist. Die wollte Andrea umbringen und hat versehentlich ihren eigenen Mann erwischt. Wer weiß, was sie jetzt vorhat!«

Doch wohl nicht in aller Öffentlichkeit Andrea umbringen. Außerdem war das die Aufgabe von Fellner, würde ich mal sagen! Ich riss die Schlafzimmertür auf und sah, dass in meinem Esszimmer glücklicherweise Fellner an meinem Esstisch saß und sich Notizen machte.

»Ich weiß, wo Nicole ist«, erklärte ich ihm aufgeregt. »Sie verfolgt gerade Andrea und ihren Mann auf dem Seeweg Richtung Ort!«

»Okay«, sagte er und wischte sich den Mund ab, als hätte er gerade etwas gegessen.

»Es könnte gefährlich werden!«, sagte ich. »Evelyn ist ihnen auf den Fersen, am besten wir fahren alle nach vorne, Sie informieren noch den Brunner!«

»Okay.« Er nickte und nahm sein Notizbüchlein in die Hand. »Sehr gut«, sagte er dann zu mir. »So machen wir das!«

»Gut. Wir treffen uns vorne beim Stöcklbräu, auf dem Parkplatz vor dem Wirtshaus. Ich bin mir ziemlich sicher, dass sie dorthin unterwegs sind! Ich seh zu, dass ich Evelyn einhole.« Bei der wusste man nämlich nie, was sie als Nächstes vorhatte.

Kapitel 14

Fellner nickte, er sah ein wenig ratlos und verwirrt aus, aber das passierte ganz leicht, wenn man als unbedarfter Kommissar mit dem Ermittlungseifer der Hirschgrundis konfrontiert wurde. Ich lief jedenfalls einfach los, die Treppe hinunter, sprang in meine Winterstiefel und zog den Anorak an. Während ich den Seeweg entlangjoggte, erreichte mich eine Sprachnachricht nach der anderen von Evelyn, die allesamt zum Thema hatten, dass ich viel zu langsam sei und deswegen den nächsten Mord zu verantworten habe. Dabei lief ich so schnell, dass ich kaum Luft bekam.

»Andrea, Jürgen und Jan essen anscheinend zu Mittag. Und Nicole ist auf der Terrasse und wartet auf die drei«, hörte ich sie aus dem Telefon flüstern.

»Du musst dich in den ersten Stock schleichen und versuchen, von dort etwas abzuhören«, vernahm ich die nächste gewisperte Sprachnachricht.

»Wo bist du?«, flüsterte ich ebenfalls eine Sprachnachricht.

»Nicole steht auf der Terrasse vom Stöcklbräu und

wartet«, zischte Evelyn. »Aus dem ersten Stock hast du bestimmt einen tollen Überblick.«

Ich war inzwischen fast beim Stöcklbräu. Hier konnte man über einen schmalen Pfad zur Straße vorgehen und dort dann den Vordereingang des Gasthauses nutzen. Außerdem konnte ich dort den Fellner abfangen und ihm erklären, was zu tun war. Eigentlich hatte ich nicht vor, aus dem ersten Stock irgendwelche Lauschangriffe zu machen! Ich stellte mich mitten auf den Parkplatz, um dem Fellner den Weg zu weisen, und beobachtete die Landstraße.

Fellner kam und kam nicht!

Mein Handy klingelte, Evelyn hielt es anscheinend nicht mehr aus. »Was ist los, wo bist du? Du musst dich beeilen!«

»Ich warte gerade …«

»Warten!«, zischte Evelyn. »Bist du wahnsinnig! Nicole steht hier und lauert den dreien auf! Und ich sehe durchs Fenster in die Wirtschaft, die zahlen gerade!«

Wo blieb denn nur der Fellner? Er war doch mit dem Auto unterwegs, und eigentlich hätte er vor mir ankommen müssen! Schließlich gab ich mein Vorhaben auf und machte das, was Evelyn vorgeschlagen hatte: mir einen Beobachtungsposten im Stöcklbräu suchen. Eigentlich keine große Sache für mich, schließlich war ich in diesem Haus schon als Kind ein und aus gegangen und hatte hier mit Alex gespielt. Vor allen Dingen in seinem Kinderzimmer, weil in meinem Zimmer durften wir nicht spielen, schließlich war er ein Junge und ich ein Mädchen, wie Nonna immer erklärte. Wahrscheinlich hatte sie nicht damit gerechnet, dass ich als logische Konsequenz dann in sein Kinderzimmer ging.

Eilig stieg ich die Stufen hinauf in den ersten Stock, hier waren die privaten Räumlichkeiten der Stöckls und auch das Zimmer von Alex. Ich klopfte zaghaft an die Tür, denn in seinem Zimmer hatte ich mich schon lange nicht mehr mit ihm getroffen. Hinter der Zimmertür hörte ich nichts. Als ich die Türklinke nach unten bewegte, ging die Tür sofort auf, und ich sah Alex in seinem Bett liegen.

Er öffnete die Augen und schaute mich mit fiebrigen Augen an.

»Du bist ja noch immer krank«, sagte ich und legte ihm meine kühle Hand auf die heiße Stirn.

»Ist das ein Krankenbesuch?«, krächzte er. »Oder hast du Jonas satt?«

»Eigentlich ist das unser neuer Ermittlungsansatz«, erklärte ich und deckte Alex gut zu. »Ich muss jetzt mal das Fenster aufmachen, bleib schön unter der Decke.«

»In meinem Leben läuft was schief«, maulte er, während ich die Decke noch seitlich feststeckte. »Wenn die Frauen ins Schlafzimmer kommen und nicht sofort zu mir ins Bett hüpfen.«

Vorsichtig stellte ich mich neben das Fenster. Tatsächlich sah man von hier aus direkt auf die Terrasse der Stöcklbrauerei.

»Wieso hast du denn noch immer ein Zimmer, das zur Terrasse rausgeht?«, wollte ich wissen. »Das muss doch im Sommer total laut sein.«

»Ja, immer wenn ich um neunzehn Uhr ins Bett geschickt werde, liege ich stundenlang wach«, bestätigte Alex meine Einschätzung. »Wenn ich nicht jeden Tag eine heiße Milch mit Honig bekäme, würde ich überhaupt nicht schlafen.«

Gerade kamen Andrea, Jürgen und Jan aus der Wirtschaft auf die Terrasse. Das war nämlich der kürzeste Weg zu unserem Campingplatz, man konnte die Terrasse über eine kleine Treppe hinunter zum See verlassen und dort sehr idyllisch über den Seeweg zurück zum Campingplatz spazieren.

Jetzt entdeckte ich auch Nicole. Sie stand an das Geländer gelehnt, die Arme vor der Brust verschränkt.

Jan hatte seiner Mutter die Hand auf den Arm gelegt, anscheinend um sie davon abzuhalten, auf Nicole loszugehen.

»Pscht«, machte ich und öffnete vorsichtig das Fenster.

»Das hat ja mit uns wohl gar nichts zu tun. Das war doch eine Sache zwischen dir und deinem Mann!«, giftete Andrea gerade. »Ich hab ja auch akzeptiert …«

»Was hast du akzeptiert?«, wollte Nicole wissen, und ihre Stimme klang klar und deutlich durch die kalte Luft.

»Dass du mit meinem Mann ins Bett gehst«, erklärte Andrea und schüttelte Jans Hand ab. »Keine Angst, ich werde nicht auf sie losgehen!«

»Ha!«, machte Nicole und fing an gekünstelt zu lachen. »Mit deinem Mann ins Bett gehen. Fällt dir da was auf?«

Jürgen wurde rot. Jan drehte sich um und ging über die Treppe nach unten zum See. Die zwei Frauen starrten sich an. Ich spürte hinter mir eine Bewegung, und Alex sagte an meinem Ohr: »Was gibt's denn da Schönes zu sehen?«

»Geh ins Bett!«, flüsterte ich. Ich war gerade vollkommen mit dem beschäftigt, was mit Jürgen los war. Und was Andrea und Nicole und offensichtlich auch Jürgen wussten. Unten am See sah ich Evelyn, die sich unauffällig weiter zur Terrasse hin bewegte, rückwärts lustigerweise, als würde sie eigentlich in die andere Richtung gehen. Und Jan, der mit energischen Schritten den Seeweg Richtung Dorf weiterging. Und eine Frau. Sie trug eine riesiges kariertes Cape und einen altertümlichen, hellen Hut mit einer aufgewölbten schwarzen Krempe. Erst hielt ich sie für eine alte Frau, vermutlich wegen des Hutes, aber als sie die Hand hob und ich das Handy sah, mit dem sie gerade filmte, war mir klar, wer das war.

Johanna! Was machte die denn schon wieder hier? Wahrscheinlich Evelyn stalken! Das war einfach unmöglich!

»Das weißt du doch selbst, was mit deinem Mann los ist! Sonst hättest du dich doch nicht an meinen Mann rangeschmissen! Ist es nicht so?« Mit giftiger Stimme fügte Nicole hinzu: »Ich sag nur Prozac!«

Die Szene unten auf der Terrasse erstarrte, als würde man ein Bild betrachten. Nur das Cape von Johanna bewegte sich sanft im Wind.

Dann verließ Jürgen die Terrasse, wie ein Schauspieler die Bühne, die Arme hängend, und selbst sein Rücken sah frustriert aus. All das wurde von Johanna gefilmt! Und wenn ich mich nicht irrte, ebenfalls von Evelyn. Energisch ging Andrea an Nicole vorbei. Ich hielt den Atem an.

»Du bist schuld an seinem Tod!«, schrie Nicole sie an.

»Ich habe damit nichts zu tun!«, fauchte Andrea. »Du hast sie doch wohl nicht mehr alle!«

»Von wem sollte er denn das Tavor gehabt haben? Das muss aus euren Medikamentenvorräten stammen! Wir nehmen überhaupt keine Medikamente!«, fauchte Nicole. »Angeblich haben sie ja bei euch nichts gefunden, aber auch bei uns gibt es da nichts zu finden!«

»Na, wenn sie bei uns nichts gefunden haben«, giftete Andrea zurück, »wird das schon seine Gründe haben …«

»Die können gerne bei unserem Hausarzt anrufen,

uns hat niemand Tavor verschrieben, aber du … du als Therapeutin hast doch ungehindert Zugang zu …«

»Ich darf überhaupt nichts verschreiben!«, zischte Andrea. »Das geht alles über den Arzt!«

»Das heißt, du hattest nie Tavor zu Hause, hä?« Nicole schnaubte verächtlich. »Das ist ja doch wohl ein Witz! Du weißt doch selbst, wie Jürgen drauf ist!«

»Das lass ich mir nicht bieten!«, fauchte Andrea. »Nicht von dir, du Miststück! Ich lass mir doch keinen Mord in die Schuhe schieben!«

Ich schnappte nach Luft, in Erwartung, dass der Streit eskalierte. Wo blieb denn nur Fellner? Stand er etwa vorne auf dem Parkplatz und wartete auf mich? Glücklicherweise blieb Nicole aber einfach stehen, während Andrea ihrem Mann folgte. Mein Herzschlag beruhigte sich wieder. Es sah nicht danach aus, als würde Nicole demnächst irgendjemanden ermorden.

Jürgen nahm Prozac, wiederholte ich gedanklich. Hatte Nicole unterstellen wollen, dass er auch Tavor nahm?

»Prozac ist ein Medikament«, sagte ich zu Alex, und da es sowieso nichts mehr zu sehen gab, bugsierte ich ihn wieder zu seinem Bett. »Kannst du bitte liegen bleiben? Du holst dir den Tod!«

Ich deckte ihn wieder zu und stopfte die Decke fest.

»Ich halluziniere«, sagte er und schloss die Augen. »Ich habe das Gefühl, ein heißer Feger steht in meinem Zimmer und sagt, ich soll mich ins Bett legen.«

Ich grinste, während ich mich auf den Bettrand setzte. »Aber was hat Nicole gemeint mit: Ich sage nur Prozac!«

Im nächsten Moment rief Evelyn an.

»Wo bist du?«

»Bei Alex im Bett«, sagte ich, etwas missverständlich.

»Na toll! Du vergnügst dich, und ich mach die Arbeit!«, antwortete Evelyn mit bitterem Unterton. »Was ist mit dir los? Ich weiß nicht, wen ich verfolgen soll, Jan ist ins Dorf vor, Andrea und Jürgen streiten sich und gehen zurück zum Campingplatz, und Nicole ... Okay. Nicole kotzt ins Gebüsch! Dann verfolge ich wohl Andrea und Jürgen ...« An ihrem keuchenden Atem konnte ich hören, dass sie schnellen Schrittes unterwegs war. »Hast du was gehört?«

»Es ging darum, dass Nicole mit Jürgen im Bett gewesen sein soll, und Nicole hat gesagt, dass Andrea doch weiß, was mit Jürgen los ist.«

»Und, was ist mit ihm los?«

»Ich sage nur Prozac.«

»Wieso sagst du nur Prozac?«

»Das hat Nicole gesagt.«

»Sie sagt nur Prozac?« Evelyn war stehen geblieben, denn ihr Atem war ganz ruhig. »Dann hat er also keinen hochgekriegt.«

»Echt?«

»Na ja, wenn sie zu Andrea sagt, du weißt, was mit Jürgen los ist. Dann nehme ich mal an, dass Jürgen keine Lust im Bett hat.«

Ich blieb kurz bei Alex auf dem Bett sitzen, total erleichtert, dass in den letzten Minuten niemand gestorben war, und las ihm vor, dass man Prozac bei Depressionen nahm. Und dass infolge des Medikaments die sexuelle Libido abgeschwächt oder nicht vorhanden sein konnte.

»Kannst du mal aufhören, von der sexuellen Libido anderer Männer zu erzählen?«, beklagte sich Alex, während ich ihm den Fieberschweiß mit einem Waschlappen von der Stirn wischte. Ich ging auf seine Klagen nicht ein, sondern sagte: »Dann war also Andrea mit Thorsten im Bett und hatte Spaß. Während Nicole mit Jürgen im Bett war und keinen Spaß hatte.«

»Aber deswegen bringt man doch noch lange seinen Mann nicht um«, wandte Alex mit einem Schauder in der Stimme ein und wollte nichts davon hören, wegen mangelnder sexueller Leistung umgebracht zu werden. »Ich könnte übrigens auch ein bisschen Spaß vertragen!«

Ich reichte ihm eine Tasse Tee, die auf seinem Nachtkästchen stand und schlug grinsend vor: »Vielleicht eine Runde Lego. So wie früher. Ich muss jetzt leider wieder los! Werd bitte bald gesund!«

Als Erstes ging ich auf den Parkplatz der Stöckls und hielt noch mal Ausschau nach Fellner. Der musste sich ja spektakulär verfahren haben! Während ich sicherheitshalber noch einmal vor zur Landstraße lief und in beide Richtungen schaute, ob hier jemand planlos rumkurvte, gingen auf meinem Handy mehrere Nachrichten ein.

In einer fragte Jonas, wo ich denn sei – eine gute Nachricht! Immerhin hatte er so weit wieder einen klaren Kopf, dass er bemerkte, ob ich da war oder nicht.

»Unterwegs«, verriet ich, ohne direkt zu lügen. Gut, dass er das nicht gefragt hatte, als ich auf dem Bett von Alex saß! Das hätte er bestimmt wieder in den falschen Hals gekriegt.

Eine andere war von Klara. Statt nackter Männer wurden mir jetzt immer nackte Babybäuche geschickt.

»Kann man auch platzen?«, fragte sie. »Meine Haut fühlt sich schrecklich an!«

Ich schickte ihr ein Smiley mit weit aufgerissenem Mund und riesigen Augen sowie ein paar Esel, über denen Herzen und Blumen kreisten. Tatsächlich hatte ich noch nie einen so unglaublich dicken Bauch gesehen, und fragte mich schon, ob es nicht doch Zwillinge werden würden, die der Arzt nur noch nicht entdeckt hatte.

Da ich den Hashtag #evelynskrimidinner abonniert hatte, ploppte gerade eine Meldung auf, dass es hier neue Posts gab. Als ich über das Display wischte, um alles zu schließen – ich hatte jetzt keine Zeit für Social Media! –, ploppte das neueste Post einfach auf. Ich erstarrte regelrecht, als ich das Bild sah. Denn es musste erst vor Kurzem entstanden sein, und außerdem erkannte ich sofort die Umgebung – und mich! Denn man sah mich aus dem Fenster von Alex' Zimmer blicken, und hinter mir stand Alex. Den erkannte man nicht so deutlich, aber es war offensichtlich, dass das Bild erst vor ein paar Minuten aufgenommen worden war.

Das musste Johanna gemacht haben! Die hatte ich doch eben auf dem Seeweg entdeckt gehabt, mit ihrem Handy. Wie schon vermutet, nannte sie sich auf Instagram »Miss Marple« und steckte auch noch hinter den rosa Post-it-Zetteln.

»Den Ermittlern auf der Spur!«, las ich unter dem Posting, das sie gerade losgeschickt hatte. Ich machte einen Blitzstart und rannte – sehr zur Verwunderung der Bedienungen vom Stöcklbräu – durch das Gasthaus auf die Terrasse. Aber hier waren weder Evelyn noch meine Campinggäste zu sehen, und auch Miss Marple hatte sich verdünnisiert.

Das mit Miss Marple musste sofort aufhören! Und außerdem musste ich den Fellner suchen!

Wieder galoppierte ich wie eine Verrückte den idyllischen Seeweg entlang zurück zum Campingplatz. Wieso war ich auch nicht mit dem Auto gefahren! Auf dem Weg zurück begegnete mir niemand, ich überholte auch keinen Spaziergänger. Als ich schwer atmend die Treppe zum Campingplatz hochstapfte, musste ich erst einmal neben dem Geschirrspülhäuschen stehen bleiben und nach Atem ringen. Meiner Fitness würden solche Mordermittlungen, in denen ich ständig von hier nach da rennen müsste, extrem guttun!

Ich atmete noch einmal tief durch und ging dann Richtung Haus. Schon von hier unten aus sah ich, dass Fellners roter Golf noch immer – oder schon wieder? – neben der Schranke parkte. Na prima! Als ich die Tür zur Rezeption aufdrückte, sprang direkt hinter der Tür Clärchen auf und warf sich mit voller Begeisterung gegen mich. Sie wedelte so heftig, dass der Schirmständer umfiel.

»Himmel! Dich hab ich einfach zu Hause vergessen!«, jammerte ich, während Clärchen versuchte, mir Zungenküsse zu geben.

»Sofia!«, hörte ich Evelyn hinter mir rufen. Auch sie war hochrot im Gesicht von dem Hin-und-her-Rennen.

»Weißt du, wo Andrea und Jürgen sind? Ich habe sie aus den Augen verloren, weil ich mit dir telefoniert habe«, warf sie mir vor.

»Nein, keine Ahnung. Ich weiß nur, dass dein Superfan Johanna alias Miss Marple uns permanent stalkt!« Und außerdem war ich schon so kopflos, dass ich meine Hunde nicht mehr Gassi führte!

Evelyn schnellte sofort herum, um hinter sich zu schauen, aber Miss Marple war nicht da.

»Hast du vielleicht eine Telefonnummer von ihr?«

Clärchen schoss jetzt nach draußen und pinkelte als Allererstes neben das Auto von Fellner.

»Ich habe ihren Instagramkanal abonniert«, gestand mir Evelyn. »Da kann ich ihr natürlich eine Nachricht …« Während sie auf ihrem Handy herumdrückte, starrte ich zum See hinunter. War Fellner vielleicht gar nicht erst losgefahren? Vielleicht sollte ich als Erstes im Esszimmer nachsehen.

Durch die Bäume am Ufer konnte ich plötzlich eine Bewegung wahrnehmen. Ein karmesinroter Schal über einem braun karierten Cape. Wenn das nicht Miss Marple war!

»Da ist sie ja!«, stieß ich hervor. Wir schlängelten uns am Wohnwagen der Hetzeneggers vorbei bis zur Hecke, da wir von dort einen besseren Ausblick auf den See und den Weg hatten.

»Da, auf dem Weg zum Wald. Und da sind auch Andrea und Jürgen!« Evelyn klatschte begeistert in die Hände und holte ihr Handy heraus. Tatsächlich drehte Miss Marple gerade eine Story, in der sie die Verfolgung der beiden dokumentierte.

Kapitel 15

Wir trabten schon wieder in hohem Tempo über die Brücke hinüber zum Wald. Clärchen hatte sich uns mit großer Begeisterung angeschlossen, Hin-und-her-Rennen fand sie supertoll, sie war viel schneller als wir und deswegen schon längst im Wald verschwunden. Um nicht auf uns aufmerksam zu machen, rief ich nicht nach ihr.

»Jetzt, los!«, drängte Evelyn und begutachtete die Spurenlage, um unsere Route zu wählen. »Die sind hier langgegangen!«

Direkt vor der Brücke endete eine Forststraße, die in den Wald führte. Dort parkte manchmal der Förster oder auch Alex, wenn er sich in seinem Waldstück um etwas kümmern musste. Gerade stand dort ein weißer alter VW Passat, und Evelyn hielt mich an, stehen zu bleiben.

»Sieh dir das an!«, flüsterte sie.

Erstaunt sah ich, wie sich das Auto rhythmisch nach vorne und hinten bewegte.

»Ich glaub es nicht«, sagte ich. »Die können doch da keinen Sex haben! Mitten auf der Forststraße!«

»Wieso nicht?«, fragte Evelyn.

»Es ist Winter! Es ist kalt! Es ist ein öffentlicher Weg!«, zählte ich auf.

»Mich würde mehr interessieren, wer das ist«, fragte Evelyn. »Andrea und Jürgen? Miss Marple und Jürgen?«

»Ich werde auf gar keinen Fall nachschauen!«, stieß ich angewidert hervor.

»Wahrscheinlich Nicole und Jan. Die haben sich verabredet«, schlug Evelyn vor. »Ich hab doch gesehen, wie dieser Jan die Nicole angesehen hat! Der ist schwer verliebt, und jetzt hat sie ihn erhört …«

Jan war dreizehn Jahre jünger als Nicole!

»Die haben doch hier gar kein Auto, die sind mit den Wohnmobilen da!«, wandte ich ein, während mich Evelyn tiefer in den Wald hineinzog. »Wir schleichen uns im Sicherheitsabstand vorbei!«, flüsterte Evelyn. »Vielleicht sind es ja auch Jürgen und Nicole!«

»Oder zu viert?«, grübelte sie nach einer kurzen Pause weiter, während wir vom Weg in den Wald stapften und uns vorkämpften.

»Ich sehe niemanden«, flüsterte ich. Glücklicherweise!

»Ich auch nicht«, flüsterte Evelyn zurück, blieb dann abrupt stehen und lachte. »Mann, Clärchen!«

Hinter dem Auto versuchte eben Clärchen den aufgeschnittenen Tennisball von der Anhängerkupplung zu zerren. Dabei hängte sie sich wirklich rein und brachte das Auto zum Schaukeln. Clärchen sah verdutzt auf, als sie unsere Stimmen hörte, und ließ dann von ihrem Vorhaben ab. Mit einem begeisterten Gesichtsausdruck kam sie auf uns zugesprungen.

Evelyn tätschelte ihr den Kopf, etwas enttäuscht, weil sie sich so gerne skandalöse Zustände ausmalte.

»Ich glaube, die anderen holen wir jetzt nicht mehr ein«, stellte sie fest. »Lass uns einfach umkehren!«

Bevor wir das in die Tat umsetzen konnten, hörten wir näher kommende Stimmen. Ich erkannte, auch ohne die Sprecher zu sehen, dass es Miss Marple und Andrea waren.

»Alle fragen sich, wieso Sie das Platzkärtchen getauscht haben!«, fragte Miss Marple laut und deutlich. Sie klang wie eine Journalistin, die ein Interview durchführte. Evelyn und ich wechselten erstaunte Blicke. »Wieso wollten Sie nicht auf dem zugewiesenen Platz sitzen?«

»Woher wissen Sie das?«, fragte Andrea. »Ich wüsste nicht, was das für eine Rolle spielt!«

»Nun, natürlich spielt das eine Rolle! Antworten Sie einfach!«

»Wir hatten einen Streit«, mischte sich Jürgen ein, der ein paar Schritte hinter den beiden lief und jetzt in unser Blickfeld trat. »Sie hatte keine Lust, neben mir zu sitzen.«

Ich wollte schon aus dem Wald treten, aber Evelyn hielt mich zurück, als Miss Marple fragte: »Stammte das Tavor von Ihnen?«

»Natürlich nicht!« Andreas Stimme klang genervt. »Was geht Sie das an? Sind Sie von der Polizei?«

»Die Fragen stelle ich!«, erwiderte Miss Marple energisch, als hätte sie ein Recht darauf, andere Leute mit Fragen zu löchern. »Wenn Ihr Mann Prozac nimmt und Depressionen hat, hat er dann nicht vielleicht auch ein Beruhigungsmittel?«, überlegte Miss Marple, und ich zögerte jetzt nicht mehr einzuschreiten. Alle erschraken, als ich aus dem Unterholz kraxelte.

»Johanna, nein!«, sagte ich und packte sie am Arm. »Schluss! So geht das nicht weiter!«

»Das Tavor stammt mit großer Wahrscheinlichkeit von diesem Mann hier!«, jubelte Johanna und zeigte auf

Jürgen. »Und sie hat zugegeben, dass sie absichtlich den Platz am Tisch gewechselt hat, aber ich glaube, dass es ihrem Mann trotzdem gelungen ist, den Gigolo mit einer Überdosis Tavor zu ermorden!«

Andrea warf mir einen drohenden Blick zu, obwohl ich sie vor einer Befragung gerettet hatte, und drängelte sich an uns vorbei! Energisch hielt ich Johanna davon ab, Andrea und Jürgen zu folgen.

»Sorry«, jauchzte Johanna überhaupt nicht schuldbewusst. »Ich war so was von im Ermittlerfieber!«

»Ich hab's gemerkt«, sagte ich.

»Hab ich den Fall gelöst?«

»Das darf auf keinen Fall gepostet werden«, sagte ich kraftlos, während Johanna Evelyn um den Hals fiel.

»Ah. Natürlich!«, strahlte sie mich an. »Selbstverständlich. Aber euch zeige ich, was ich schon herausgefunden habe. Habe es extra nicht gepostet, wegen Spoileralarm.«

Etwas irritiert sah ich auf ihr Handy, das sie mir entgegenhielt.

»Ich habe ja noch viel mehr herausgefunden, aber ich dachte, ich will nichts verraten … Hier. Das ist das Handy von der Köchin.«

»Moment!«, wandte ich ein, blickte dann aber doch auf ihr Handy, dort sah man ein Foto eines Schwangerschaftstestes.

»Ist das nicht toll! Die Köchin ist schwanger!«

»Die Nicole ist schwanger«, wiederholte Evelyn und nickte dann. »Und ich dachte, sie hat Bulimie.«

Das erklärte natürlich das ständige Gekotze. Aber Miss Marples Ermittlungseifer musste trotzdem gestoppt werden, ich ermahnte sie noch einmal, nicht mehr zu ermitteln, und sie stimmte mir begeistert zu. Die Begeisterung kapierte ich nicht, aber ich ließ es dabei bewenden.

»Ich muss jetzt den Fellner suchen«, sagte ich zu Evelyn, die gerade noch ein Selfie mit Johanna machte, und holte mein Handy heraus. Wenn *Sex Bomb* von Tom Jones erklang, war das Jonas! Wie schön, dass es ihm wieder so gut ging, dass er mir hinterhertelefonierte!

»Hallo«, flötete ich ins Handy, und ich hörte ihn sagen: »Hallo, geht's Ihnen nicht gut?«

»Mir geht's super«, sagte ich vorsichtig. War er etwa im Delirium? Oder wieso siezte er mich plötzlich?

»Was macht Fellner auf unserer Couch?«, hörte ich Jonas mit entnervter Stimme fragen, und seine Worte deuteten wirklich schwer darauf hin, dass er gerade nicht ganz bei Sinnen war.

»Hallo? Aufwachen! Fellner!«

»Fellner?«, fragte ich und rannte sofort los. »Was ist mit ihm? Lebt er noch?«

Ich hörte den Freiton und gab Gas.

Fellner war nicht tot, so viel zu meiner Beruhigung. Er lag aber tatsächlich auf meiner Couch und schien ziemlich verwirrt zu sein.

»Wir waren verabredet«, versuchte ich zu rekonstruieren, was geschehen war.

»Verabredet?«, fragte Jonas mit der Stimme, die er immer hatte, wenn er gestresst und eifersüchtig und schlecht gelaunt zugleich war.

Ich rollte mit den Augen, während ich den Puls von Fellner suchte. Zwar wusste ich nicht, was ich damit bezweckte, es fühlte sich aber sehr professionell an, und ich konnte auch aufrichtig versichern, dass Fellner nicht tot war.

»Er sollte zu den Stöckls mit dem Auto fahren und

Nicole festnehmen. Das könnte er jetzt auch noch machen. Oder Andrea. Ich bin da noch zu keinem abschließenden Ergebnis …«

Jetzt rollte Jonas mit den Augen. »Was hatten wir denn ausgemacht?«

»Dass du im Bett liegen bleibst«, sagte ich streng. »Du kannst dir eine Herzmuskelentzündung holen, wenn du jetzt Verhaftungen vornimmst.«

Ich kniete mich vor unsere Couch und tätschelte Fellner die Wange. Verschlafen öffnete dieser die Augen und lächelte mich an. Er schien überhaupt nicht beunruhigt, sondern eher unglaublich glücklich zu sein.

»Hallo! Wie geht's, fühlen Sie sich krank? Haben Sie Atemnot, Brustschmerzen, Kopfschmerzen, Fieber?«, rasselte ich besorgt herunter und legte ihm meine Hand auf die Stirn. Fieber hatte er jedenfalls nicht.

»Mir geht's gut«, sagte er, blieb aber trotzdem liegen und schloss mit einem feinen Lächeln wieder die Augen.

»Mir reicht's. Ich ruf den Notarzt«, stellte ich fest und fügte an Jonas gewandt hinzu: »Und du legst dich ins Bett. Der Brunner soll einfach alle festnehmen. Die Wohnmobile lasse ich abschleppen. Und den Campingplatz schließe ich einfach. Ich mag nicht mehr!«

Während ich zum Telefon ging, schnappte ich mir noch reflexartig den leeren Gefrierbeutel, der auf dem Esstisch herumlag, um ihn mit in die Küche zu nehmen, und wollte gerade das Telefon von der Basisstation nehmen, als mir auffiel, dass auf dem Gefrierbeutel etwas stand.

»Für Fellner«. Mit Permanentmarker. In meiner Handschrift.

Ich drehte mich zu Jonas, der noch etwas ratlos auf Fellner hinabsah, und hielt ihm den Beutel entgegen, weil ich gerade die Zusammenhänge kapierte.

»Der Fellner hat meine Lachs-Spinat-Rolle gegessen. Also, er hat das Essen aus dem Asservatenbeutel aufgegessen …«

»War lecker!«, mischte sich der Fellner mit geschlossenen Augen ein.

»Das sollte ins Labor«, stellte ich klar. »Das waren ermittlungsrelevante Lachs-Rollen!«

»Das war für mich«, erklärte der Fellner mit seliger Stimme. »Stand auf dem Beutel.«

»Das war Nicoles Essen vom Krimidinner. Das sie nicht gegessen hat«, erklärte ich und merkte, wie ich hektisch wurde. »Muss ich jetzt den Giftnotruf wählen? Oder den Notarzt? Ich flipp gleich aus!«

Richtig ausflippen musste ich dann doch nicht mehr, denn Jonas organisierte jetzt selbst alles, was nötig war, um die ganze Bagage, wie die Vroni sie nannte, ins Präsidium zu bringen. Und den Fellner ins Krankenhaus.

Als wir dann zusammen in der Küche standen, um die Abfahrt von Polizei-, Kranken- und Notarztwagen zu beobachten, nahm mich Jonas in den Arm.

Er fühlte sich endlich so an, als wäre er gesund. »Ich habe im Fieber geträumt, dass du verheiratet bist«, erzählte er meinem Ohr.

»Ich weiß. Das hast du mir im Fieberwahn schon erzählt. Und dass dir das nicht gefällt, dass Martin und ich noch verheiratet sind«, sagte ich und umarmte ihn zurück.

Jonas antwortete als Erstes nicht, dann sagte er plötzlich energisch: »Das stört mich immer noch. Irgendwie stört mich das. Ganz massiv.«

Ich küsste ihn auf die Lippen und murmelte dabei: »Ich bin ja so froh, dass dich wieder was stört.«

Kapitel 16

Jonas legte sich wieder ins Bett, Evelyn und ich dagegen gemeinsam vor den Fernseher. Ich war komplett entkräftet von dem ständigen Herumgelaufe und den dramatischen Ereignissen. Während ich Milo streichelte, der sich zu uns aufs Sofa gesellt hatte, erzählte ich Evelyn, dass es Jonas störte, dass Martin und ich noch verheiratet waren.

»Das ist doch eigentlich wunderbar. Wenn Martin stirbt, erbst du alles«, wandte Evelyn ein. »Ich würde das nicht so negativ sehen an deiner Stelle!«

»Apropos sterben«, sagte ich frustriert. »Wenn der Fellner stirbt, werde ich meines Lebens nicht mehr froh. Der hat eine Überdosis Tavor abgekriegt!«

»Der ist doch jung, der packt das schon«, antwortete Evelyn halbherzig, denn sie starrte schon wieder sehr zufrieden auf ihr Handydisplay.

Das hoffte ich auch! Was war ich auch blöd, ich hätte »Spurensicherung« auf den Gefrierbeutel schreiben müssen. Und zwei Totenköpfe malen!

Dann war da natürlich noch die Frage, weshalb der Mörder zwei Vorspeisen präpariert hatte. Hatte sich Nicole absichern wollen, damit sie auch davon hätte essen können und nicht ansprechbar gewesen wäre? Oder hatte sie Andrea und Jürgen umbringen wollen, und alles war schiefgegangen? Mir erschien das alles unlogisch und schwer durchschaubar.

»Du glaubst es nicht«, sagte Evelyn plötzlich neben mir. »Aber Krimimimix34 hat recht! Schau dir das an!«

Ich blinzelte und gähnte. »Lass das doch die Polizei machen«, schlug ich vor. »Hast du ihnen endlich deine Story zur Verfügung gestellt?«

»Natürlich«, sagte sie. »Aber die haben keine Ahnung von modernen Ermittlungsmethoden.«

»Aha«, sagte ich und nahm brav das Handy von Evelyn in die Hand.

»Sieh doch nur da Thorsten an. Moment! Jetzt.«

Ich blickte auf das breite Grinsen von Thorsten, und irgendwie ging mir das durch Mark und Bein. Okay, ich hatte ihn nicht leiden können, aber dass er bei mir im Heizungskeller starb, das hatte ich ihm natürlich auch nicht gewünscht.

»Jetzt diese Stelle. Er nimmt den Zettel in die Hand …«

Ich nickte. »Ich weiß. Dabei hatte er zu dem Zeitpunkt noch gar nix zu sagen. Er war ja hauptberuflich mit Anschmachten beschäftigt. Von Andrea und mir.«

»Doch nicht von Andrea und dir. Sondern von Andrea und mir.«

»Er hat Andrea angeblinkert, und mit mir wollte er füßeln.«

»Himmel, dieser Geck!«, sagte Evelyn augenrollend. »Und wieso unter dem Tisch? Das sieht ja keine Sau. 'tschuldigung«, fügte sie hinzu, weil ich ihr einen strafenden Blick zuwarf.

»Was weiß ich.«

»Egal«, bestätigte sie meine Einschätzung und machte gleich Sherlock-Holmes-mäßig weiter. »Also. Der Zettel. Was fällt dir auf?«

»Er ... nimmt den Zettel, obwohl er nichts zu tun hat?«, fragte ich.

Das war nicht ungewöhnlich. Wir anderen hatten auch ständig geguckt, ob wir nicht doch noch etwas zu sagen hätten.

»Vergleich den Zettel mit unseren Zetteln.«

Sie klickte sich auf der Story wieder nach vorne, und etwas genervt sah ich mir noch mal an, wie ich aussah, während er mit mir füßelte, und was Andrea für einen Blick draufhatte, als er sie so schmierig anlächelte. Nämlich einen sehr geschmeichelten. Und wie ich mit dem Stuhl ein wenig zur Seite und zurück rutschte, um meine Füße in Sicherheit zu bringen. Und mein Gesichtsausdruck, so von der Seite. Als würde ich die Lippen aufeinanderpressen, um mich nicht gleich zu übergeben.

»Die Farbe des Papiers«, erklärte sie mir, weil ich anscheinend zu doof war, es zu bemerken. »Die ist komplett anders.«

»Das kann nicht sein«, wandte ich ein. »Das müssen die Lichtverhältnisse sein oder so. Schließlich habe ich alles ausgedruckt, und du hattest mir extra gesagt ...«

»Ja, ja, schönes Papier und so weiter«, strahlte sie mich an, als hätte ich tatsächlich einmal etwas richtig gemacht.

»Genau«, bestätigte ich.

»Aber er hat ein anderes Papier. Schau noch einmal genau hin.«

Kopf an Kopf saßen wir auf der Couch und sahen uns die Story weiter an.

»Das sieht wirklich so aus ...«, sagte ich nachdenklich. »Als hätte er ein anderes Papier. Und zwar nicht das supernoble, dicke weiße, das ich extra geholt habe …«

»Sondern es wurde auf das Papier gedruckt, das du normalerweise im Drucker hast.« Verzückt über ihre Gedankenleistung klatschte Evelyn in die Hände.

»Aber …«, sagte ich. »Wie konnte das passieren, ich habe doch …«

»Ja, du hast alles richtig ausgedruckt. Aber irgendjemand hat ein Rollenheft noch einmal ausgedruckt. Und zwar der Mörder. Er hat sich an deinen Rechner gesetzt, das Rollenheft verändert und …«

»Das bedeutet, Thorsten ist nicht aufgestanden, weil er das so wollte, sondern er hat sich einfach an die Rolle gehalten, die er spielen sollte.«

»Genau.«

»Das bedeutet …«

»Der Mörder hat das falsche Rollenheft verschwinden lassen!«, jubelte Evelyn begeistert. »Und wir werden es finden!«

Ob das möglich war, wollte ich bezweifeln, aber der Enthusiasmus von Evelyn war einfach zu ansteckend. Ich sah ihr dabei zu, wie sie ein neues Video drehte.

»Leute, wir sind dem Täter dicht auf der Spur!«, flötete sie in die Kamera.

Dann machte sie ein Foto von sich, den Zeigefinger an den Mund gedrückt, und kurze Zeit später konnte man abstimmen, ob der Mörder das ahnungslose Opfer in den Keller gelockt hatte, um mit ihm abzurechnen, oder ob der Gigolo sich mit dem Täter schon vor dem Krimidinner dort verabredet hatte.

Das fand ich nun alles sehr reißerisch formuliert, aber die Fans von Evelyn waren superbegeistert.

»Ach herrje«, sagte Evelyn und zeigte mir eine persönliche Nachricht von Kieselchen, unserem Rechtsmediziner. Der verfolgte anscheinend auch live, was Evelyn trieb, und schloss sich der allgemeinen Begeisterung nicht an.

»Evelyn! Misch dich nicht in laufende Ermittlungen ein! Das kann gefährlich werden!«, las ich ihr vor, als könnte sie das nicht selbst.

Evelyn antwortete mit einem Herzchen. Ich verdrehte die Augen, mischte mich aber in diesen Konflikt nicht ein. Meine Meinung dazu hatte ich oft genug kundgetan.

Evelyn und ich grübelten, wie das zusätzliche Rollenheft hatte verschwinden können. Das war nicht leicht zu rekonstruieren, weil es so ein Durcheinander gewesen war an dem Abend.

Wahrscheinlich reichten ja ein paar Sekunden, um so ein Heft verschwinden zu lassen. Aber eben nicht ganz aus der Wohnung, denn letztendlich war Nicole mit dem Rettungswagen ins Krankenhaus gefahren und hatte danach nie wieder mein Haus betreten. Den Müll in der Küche hatte inzwischen jemand geleert.

»Hast du den Müll geleert«, fragte ich Evelyn.

»Nein. Und Jonas?«, wollte Evelyn wissen.

Ich verdrehte die Augen. Ganz bestimmt nicht.

»Okay. Du organisierst den Müll! Ich kontrolliere die Papierkörbe ...«

»Wieso holst du nicht den Müll?«, wollte ich wissen.

»Weil's mich ekelt«, erklärte sie.

Wir einigten uns darauf, erst den gesamten Papiermüll zu durchwühlen und dann erst den Restmüll.

Natürlich war nichts im Papiermüll!

Danach holte ich den Restmüllbeutel und schüttete ihn auf eine Zeitung in der Küche. Evelyn war so nett und stand würgend an meiner Seite.

»Meinst du, sie hat's total klein gerissen?«, wollte

Evelyn wissen, während wir mit einer Gabel in angebratenem Reis stocherten.

»Sollte es nicht Kartoffelnocken geben?«, fragte ich.

»Sie konnte nicht mal Reis kochen. Meinst du, Kartoffelnocken wären eine gute Idee gewesen?«, stellte sie die Gegenfrage. »Und was ist das?«

»Verkohltes Gemüse. Wieso hat das eigentlich die Polizei nicht mitgenommen?«, wollte ich wissen. »Wäre das nicht was für die Asservatenkammer?«

»Vielleicht weil es sie geekelt hat«, mutmaßte Evelyn mit einem Schaudern.

»Nein, die haben das nicht mitgenommen, weil Nicole es schon viel früher entsorgt hat!«, behauptete ich. »So wie das aussieht, hat sie den Müll schon viel früher rausgebracht.«

»Daran kann ich mich nicht erinnern. Aber ich habe sie natürlich auch nicht die ganze Zeit beobachtet.«

»Aber von einem Rollenheft sehe ich da nichts. Es sei denn, sie hat es geschreddert und in den verbrannten Reis gemischt.«

Etwas frustriert saßen wir auf dem Küchenfußboden vor dem Müllbeutel. Wir hörten eine Tür schlagen, dann stand Vroni vor uns und sah ziemlich erstaunt auf uns herunter.

»Ich wollte den Geschirrspüler ausräumen, hab mein Frühstücksgeschirr mit dazugestellt«, erklärte sie. »Was macht ihr da?«

»Wir überführen Nicole. Sie hat den Müll rausgebracht, und wir dachten, da wären Beweismittel drin«, erklärte Evelyn, und wir sahen etwas frustriert auf die eklig stinkende Masse vor uns.

»Aha«, machte Vroni und hielt sich die Nase zu. »Stinkt ja erbärmlich. Aber den Müll hat nicht Nicole rausgebracht, sondern ich. Nicole hatte den Reis anbrennen lassen, und ich hab gesagt, das stinkt ja schlimm und verdirbt uns den Appetit! Deswegen hab ich einen neuen Müllbeutel rein … und den alten … was ist?«

Evelyn stöhnte, weil eben alle unsere Theorien zunichtegemacht wurden.

»Und wo ist dann der Müll von später am Abend?«, wollte ich wissen.

»Bei der Polizei?«, überlegte Vroni. »Die haben doch alles mitgenommen, was sie gefunden haben.«

Ärgerlich starrte Evelyn eine Weile auf den angebrannten Reis, und ich nahm mir einen neuen Müllbeutel, um alles zu entsorgen.

»Ich geb's auf«, sagte Evelyn. »Das hat ja alles keinen Sinn! Wir treffen uns mit den anderen noch gemütlich im Café.«

Aha, also nix mit *Das ganze Haus auf den Kopf stellen* und so. Nachdem ich noch einmal nach Jonas gesehen hatte, der schon wieder schlief, schlappten wir gemeinsam in dicken Stiefeln über den Platz zum Café.

Kapitel 17

Die Sonne war schon längst untergegangen. Zum ersten Mal schien Jonas richtig tief und ruhig zu schlafen. Ich schaute ihm eine Weile zu. Milo hatte sich direkt vor Jonas' Seite gelegt und schnarchte ziemlich laut. Vom Bett aus sah ich, wie die Außenbeleuchtung ansprang und kleine Schneeflöckchen im Lichtkegel schwebten. Ich krabbelte zum Kopfende des Bettes und blickte nach draußen, über meinen wunderschön beleuchteten Platz.

Alles wird gut, dachte ich mir, während ich plötzlich den Grund dafür erkannte, dass die Beleuchtung angegangen war: Andrea, Jürgen und Jan stapften gerade von der Straße an der Rezeption vorbei in Richtung ihres Wohnmobils. Anscheinend hatte die Polizei sie wieder zurückgebracht. Ich lehnte mich nach vorne, bis ich mit der Stirn gegen die Scheibe stieß, und versuchte Nicole zu entdecken. Aber die war nicht mit dabei.

Dann war es also doch Nicole gewesen, und die Polizei hatte sie überführt! Mir fiel der Streit zwischen Nicole und Thorsten wieder ein, und mit meinem Wissen über Nicoles Schwangerschaft meinte ich den Streit zu verstehen: Thorsten hatte wahrscheinlich kein Kind gewollt. Und Nicole war trotzdem schwanger geworden und hatte vermutlich erwartet, dass Thorsten seine Beziehungen zu anderen Frauen einstellte.

Ich seufzte, deckte Jonas noch einmal zu und stand dann auf, um ins Badezimmer zu gehen. Sofort sprang auch Clärchen auf und setzte sich sehr steil vor die Tür zur Treppe.

»Musst du noch mal raus?«, fragte ich.

Weil ich persönlich hatte keine Lust. Deswegen ging ich mit ihr nur bis in die Rezeption und drückte die Tür auf. Clärchen stob sofort hinaus in die Nacht. Ihr weißes Fell hob sich kaum vom weißen Untergrund ab, und sie rannte bellend über den inzwischen menschenleeren Campingplatz hinunter Richtung See. Ich überlegte nicht einmal, ob ich ihr folgen sollte, auf der Suche nach Fuchs, Dachs oder Hase. Aber ich wusste, dass sie in spätestens einer Minute wieder vor der Haustür stand und wollte, dass ich mich ihr anschloss. Schließlich war nichts schlimmer, als sich der Gefahr ohne Milo oder mich zu stellen!

Ich grinste und setzte mich mit meinem Handy vor den Computer, um mich mit Instagram noch ein wenig wach zu halten. #evelynskrimidinner klickte ich auf jeden Fall nicht mehr an!

Aber Sexy Hirschin hatte auch gar kein Interesse mehr an den Mordermittlungen, auf ihrem Kanal konnte man einen hübsch dekorierten Smoothie sehen. »Mein Ingwer-Mandelmilch-Smoothie, mit Mandeln, Ingwer, Birne und Honig nach Belieben – ein wunderbar wärmendes Wintergetränk!«

In mir stieg auch ein sehr wärmendes Gefühl auf bei so viel Normalität, und ich wünschte mir gerade tatsächlich nichts mehr, als eine Ingwer-Mandelmilch vor mir stehen zu haben, die mir wohlig den Magen streichelte.

Auf meinem Handy ploppten ständig neue Nachrichten auf, in der WhatsApp-Gruppe »Hirschgrundis« war trotz später Stunde die Hölle los.

»Waah!«, hatte Evelyn vor ein paar Minuten geschrieben. »Stellt euch vor, ich habe ein Krimidinner geschenkt bekommen! Ich bin die neue Botschafterin des Verlags. Ich kann so viele Krimidinner haben, wie ich will, wenn ich sie auf meinem Instagram-Kanal vorstelle!«

»Großartig!«, schrieb Vroni und machte ein paar klatschende Hände dahinter. »Da können wir jetzt ein Krimidinner nach dem anderen veranstalten!«

Dann hatte Evelyn es nun tatsächlich geschafft, endlich einen Werbevertrag an Land zu ziehen, für etwas, wofür sie auch gerne Werbung machte. Ich grinste vor mich hin, obwohl ich selbst gerade nicht so die Lust hatte, dieses Event zu wiederholen. Trotz allem fühlte es sich gerade normaler an als jede einzelne Minute der letzten Tage.

Dann ploppten mehrere Nachrichten gleichzeitig auf. Von Vroni, dass wir uns jetzt auf gar keinen Fall die Laune verderben lassen sollten.

Von der Schmidkunz kamen ein paar Teufelchen-Emoticons und die Aussage »Ich mache trotzdem kein Krimidinner mehr! Ich bin traumatisiert!«.

Nachdem die Schmidkunz auch von Farbstoffen in Joghurts traumatisiert war, nahm die Vroni das natürlich nicht ernst.

Ich schaltete mein Handy aus und starrte eine Weile die Rezeptionstür an. Von Clärchen war noch immer nichts zu hören, und nun schaltete ich doch den Computer ein, um die Rechnung für meine abreisenden Camper rauszulassen. Was war ich froh, wenn die mal alle weg waren! Ich konnte den morgigen Tag kaum erwarten!

Gerade als der Drucker die zwei Seiten gedruckt hatte, hörte ich etwas im Haus umfallen. War das im Keller gewesen? Oder war Jonas aufgestanden?

Ich lauschte eine Weile. Das Geräusch war eindeutig aus dem Keller gekommen und hatte mit Jonas garantiert nichts zu tun. Mit gerunzelter Stirn überlegte ich mir, wie Clärchen in den Keller hatte kommen können, was eigentlich nicht möglich war.

Nach ein paar Sekunden meinte ich, schon wieder ein Geräusch zu hören. Ärgerlich stand ich auf, ging zur Rezeptionstür und riss sie auf.

»Clärchen!«, rief ich in die Nacht, aber hier war nichts zu hören.

Vollkommen ausgeschlossen war es natürlich nicht, dass sich Clärchen gerade im Keller herumtrieb. Denn gerade fiel mir ein, wann ich das letzte Mal die Kellertür aufgemacht hatte. Das war nämlich die Sache mit dem Beerdigungsinstitut gewesen… Ich hatte den beiden Jungs die Außentür vom Keller aufgesperrt, und sie hatten den Sarg durch den Fahrradkeller bugsiert. Danach war ich so durch den Wind gewesen, dass ich komplett vergessen hatte, dass ich wieder hätte absperren sollen! Ich hatte genau genommen sogar vergessen nachzusehen, ob die zwei überhaupt die Tür wieder hinter sich geschlossen hatten. Sehr wahrscheinlich nicht, denn sie hatten bestimmt keine Hand frei gehabt. Wie hatte mir das nur entfallen können!

Genervt über meine Gedankenlosigkeit stand ich auf und öffnete die Kellertür. Seltsamerweise war der Keller nicht komplett dunkel, in irgendeinem Raum brannte noch Licht. Ein vertrautes Gefühl von Bedrohung grummelte in meinem Bauch. Einen kurzen Moment zögerte ich, den Keller zu betreten.

Reiß dich zusammen, Sofia, dachte ich mir und beruhigte mich selbst: Du kannst nicht ständig vor allem und jedem Angst haben! So wie es momentan aussah, war Nicole die Mörderin, und dort unten im Keller war niemand, der Böses im Sinn hatte.

Natürlich, ich hatte seit dem Mordabend gar nichts mehr im Keller gemacht, also weder die Hintertür geschlossen noch abgesperrt, und auch nicht kontrolliert, ob die Lichter ausgeschaltet waren. Das ungute Gefühl in meinem Bauch verschwand so schnell, wie es entstanden war.

»Clärchen«, rief ich hinunter, aber jetzt war es totenstill. Was für ein schlauer Hund! Wahrscheinlich war sie gerade mit irgendetwas beschäftigt, das ich ihr verbieten würde. In solchen Situationen konnte sie nämlich plötzlich faktisch unsichtbar sein! So wie es von hier aussah, brannte ausgerechnet im allerletzten Kellerraum links das Licht. Wahrscheinlich hatte dort die Spurensicherung zwischen den uralten vertrockneten Geranienkästen Spuren gesichert und danach vergessen, das Licht auszuschalten.

Mit einem lauten Seufzer ging ich strumpfsockig den Gang entlang. Erst vorbei an der Waschküche, da war Clärchen nicht. Am Heizungskeller – dessen Tür war dankenswerterweise geschlossen. Danach kamen noch drei Räume, die ich normalerweise mied, denn sie waren vollgestopft mit diversem Gerümpel. Irgendwann wollte ich das natürlich wegbringen, aber immer wenn ich daran dachte, kam mir spontan der Einfall: Das machst du später. Nächstes Jahr. Nächstes Jahrzehnt. In dem Raum mit den vielen Blumentöpfen, alten Wäscheständern und vertrockneten Geranien war Clärchen jedenfalls nicht. Gegenüber war der Ausgang ins Freie, und die Tür war tatsächlich nur angelehnt.

»Clärchen!«, rief ich erneut und erinnerte mich, dass

im letzten Kellerabteil noch allerhand eingemachtes Obst und Marmelade lagerte. Wahrscheinlich noch aus Zeiten, als die Großmutter meines Großvaters hier das Sagen hatte.

»Jetzt komm doch!«

Ich sah auf meine Socken hinunter, denn ich war in etwas Kaltes getreten, das jetzt unter meinen Fußsohlen schmolz. Schnee! Der Beweis, dass Clärchen hier gerade reingedüst sein musste.

Direkt vor mir sah ich wieder einen Schneeabdruck, aber seltsamerweise hatte er die Form eines Schuhs. Als wäre Schnee aus dem Profil gefallen.

Meine Augen sahen das, aber mein Verstand war mit seinen Schlussfolgerungen einfach noch nicht so weit. Unbeirrt ging ich weiter, etwas ärgerlich über meine kalten, nassen Füße.

»Clärchen«, wollte ich gerade noch einmal rufen, und als ich beim letzten Kellerabteil angekommen war, war mir klar, dass ich Clärchen hier nicht finden würde.

»Jan«, fragte ich etwas irritiert. »Was tust du denn hier?«

»'tschuldigung«, sagte er und wurde erst weiß und dann rot. Die alte Glühbirne, die nur in die Fassung geschraubt war, warf gespenstische Schatten in den Raum. »Das … ich …«

Mir wurde etwas mulmig, denn just in diesem Moment fiel mir auf, dass ich ganz alleine im Keller war. Zusammen mit jemandem, der im Prinzip auch ein Mörder sein könnte und nur zwei Meter von mir entfernt stand. Meine Gedanken begannen zu rasen, suchten nach einer logischen Erklärung.

Ich kann nicht beschreiben, wie unglaublich froh ich war, als ich hinter mir Schritte hörte.

»Andrea!«, rief ich, noch einen Tick erstaunter, und meine Erleichterung versackte sofort.

Andrea und Jan in meinem Keller? Auch wenn mein Herzschlag gerade aussetzte, war mein Gehirn plötzlich richtig auf Zack! Das war natürlich nicht normal, dass die beiden in meinem Keller waren.

»Jan sucht seine Uhr«, sagte Andrea mit resoluter Stimme, obwohl ich nichts gefragt hatte. »Hast du vielleicht eine Uhr gesehen, Casio, mit einem silbernen Band …«

»Eine Uhr«, versuchte ich auf Zeit zu spielen und ging in Gedanken die Optionen durch, die ich jetzt hatte. Ich wollte auf gar keinen Fall mit den beiden hier alleine im Keller sein. Aber der Rückweg war ausgeschlossen, da stand Andrea. Ich konnte weder über den Kellerausgang ins Freie noch über die Rezeption.

Bestimmt haben sie mit dem Mord überhaupt nichts zu tun, versuchte ich mich zu beruhigen, weil ich schon merkte, wie mir die Luft knapp wurde. Nur weil man seine Uhr verloren hat. Im Keller.

Das hieß ja noch gar nichts.

Dem Blick der beiden nach zu schließen bedeutete es aber durchaus etwas.

»Okidoki«, sagte ich etwas albern und machte mit der Hand eine Bewegung, die nach einem Winken oder Fächeln aussah. »Dann seht euch um, ob da irgendwo die Uhr liegt. Viel Glück! Ich habe sie jedenfalls nicht gesehen.«

»Jan muss sie verloren haben, als er nach Thorsten gesucht hat«, erklärte mir Andrea.

»Genau«, tat ich so, als würde ich alles glauben, was mir die beiden auftischten. Natürlich hatte Jan nach Thorsten gesucht. Wahrscheinlich hatte er ihn genau in der Zeit umgebracht, als wir alle nach ihm gesucht haben. Da waren ja nur Thorsten und er im Keller gewesen.

»Ist mir auch schon passiert.«

»Was?«, wollte Andrea wissen, und ihre Stimme klang ziemlich flach.

»Wie bitte?«, fragte ich.

»Was dir auch schon passiert ist?«, fragte sie, ohne zu lächeln.

»Na ja. Beim Suchen im Keller. Die Uhr verloren. Das passiert doch alle … naselang.« Wieso konnte ich nicht aufhören zu reden? Gerade hatte sich alles noch so authentisch ahnungslos angehört, und jetzt klang es, als wollte ich verheimlichen, dass ich schon alles durchschaut hatte.

»Zieht einfach die Tür hinter euch zu, wenn ihr fertig seid!«, schlug ich vor und lachte etwas hysterisch. »Dass nicht noch mehr Schnee hereingeweht wird. Ihr wisst schon …« Klappe, Sofia, dachte ich mir. »Ihr wisst schon«, wiederholte ich dann noch einmal, als wäre das ein abschließender Satz. Da ich Andrea als schwächer als Jan einstufte, entschied ich mich dazu, mich an Andrea vorbeizudrücken. In der Hoffnung, dass sie mir einfach Platz machen würde.

Aber so einfach war das natürlich nicht. Ihr Arm schnellte nach vorne, und mit erstaunlicher Kraft hielt sie meinen Oberarm fest.

»Sofia!«, sagte sie in resolutem Tonfall, und ich stieß sie heftig von mir. Nein. Ich würde kämpfen bis zum Schluss! Ich würde mich jetzt nicht auch noch in meinem eigenen Keller ermorden lassen! Sie ließ mich erstaunlicherweise los, und ich rannte, als wäre der Teufel hinter mir her, zur Kellertreppe.

»Sofia«, hörte ich noch einmal jemanden rufen, vielleicht Jan. Oder Jürgen! Wer von der Mörderbande, konnte ich nicht sagen, denn in meinen Ohren rauschte das Blut, und als ich die Kellertür aufriss, lag direkt davor Clärchen mit interessierter Miene und schief geleg-tem Kopf. Ich stolperte über sie drüber und schlug mit dem Kopf an den Tresen der Rezeption. Verblüfft sprang Clärchen auf und sah mich unglücklich an, weil ich erst einmal benommen liegen blieb.

»Hilfe«, flüsterte ich.

Clärchen freute sich natürlich rasend, dass endlich etwas passierte. Sie schleckte mir einmal quer über das Gesicht und begrüßte anschließend enthusiastisch Andrea und Jan. Ich fühlte mich wie gelähmt, vielleicht auch deshalb, weil sich Clärchen gerade auf mich draufgeworfen hatte.

Dann ging es plötzlich unglaublich schnell. Die Rezeptionstür sprang auf, und gleichzeitig kam jemand die Treppe zur Wohnung herunter.

»Waffen fallen lassen! Hände hinter den Kopf!«, schrie Evelyn, obwohl keiner Waffen in der Hand hatte, und richtete eine Pistole auf die beiden.

Erschrocken robbte ich ein Stück näher an Evelyn heran, um nicht versehentlich erschossen zu werden. Erstaunt sah ich, dass die beiden tatsächlich ihre Hände hoben.

»Das ist ein Missverständnis«, sagte Andrea ruhig.

»Gebt das Rollenheft Sofia, auf den Boden und herüberrutschen lassen«, brüllte Evelyn, noch immer mit der Waffe in der Hand.

Jetzt sah ich, wer hinter Andrea und Jan stand, nämlich Hildegard mit ihrem Gehwagerl und ihre Enkelin Johanna. Johanna sah mit großen Augen ihr großes Idol Evelyn an.

»Na, wird's bald!«, sagte Hildegard. An wen diese Aufforderung gerichtet war, wussten wir alle nicht so genau, denn im selben Moment ließ Jan erschrocken das Heft fallen, das bis zu meinen Füßen rutschte, und Johanna trat etwas verlegen in unsere Mitte. Hatte sie nicht kapiert, dass es gerade um Leben und Tod ging?

Ich griff nach dem Heft und sah etwas irritiert Johanna an, die mir eine Packung Mon Chéri vor die Füße schob, als würde sie einem gefährlichen Tier vorsichtig den Fressnapf vor die Schnauze stellen.

»Vielen Dank, dass wir mitspielen durften!«, sagte sie, als sie wieder einen Schritt zurückgetreten war. »Ich wusste nicht, was genau ich mitbringen soll, aber Oma hat gemeint, Mon Chéri passen eigentlich immer! Oma findet, ich solle mich entschuldigen, weil ich mich zu aufdringlich eingemischt habe. Ich wollte nicht aufdringlich sein!« Ihre Stimme wurde leiser, und sie flüsterte: »Aber ihr seid hier noch gar nicht ganz fertig … lasst euch nicht stören …! Also. Entschuldigung!«

Sie trat wieder einen Schritt zurück und machte noch schnell ein Bild von mir auf dem Boden, die Mon-Chéri-Packung vor meinen Knien und das zerknitterte Rollenheft in meinen Händen.

Mein Kopf dröhnte, und eigentlich wollte ich nicht ausschließen, dass ich halluzinierte. Denn irgendwie passten die Geschehnisse einfach nicht zusammen.

»Sieh dir das Rollenheft an!«, fuhr mich Evelyn energisch an, weil ich überhaupt nicht reagierte.

»Oh! Ja. Es gab tatsächlich zwei Rollenhefte!«, stellte ich fest, erstaunt darüber, dass ich noch immer klar denken konnte, obwohl ich mir den Kopf so stark gestoßen hatte. Denn dieses Rollenheft war wie vermutet nicht auf noblem Papier gedruckt, sondern Typ prähistorisches Druckerpapier, das ich normalerweise verwendete.

»Ich wollte nicht, dass er stirbt!«, heulte Jan los.

»Halt den Mund!«, fuhr ihn seine Mutter an. »Du sagst nichts, bevor nicht ein Anwalt …«

»Das wollte ich alles nicht. Ich wollte ihm doch nur … einen Denkzettel verpassen!«

»Ha! Indem du ihm Tavor verabreicht hast!«, brüllte Evelyn, noch immer im *CSI: Miami*-Modus. »Hände oben lassen! Keine Bewegung!«

»Aber doch nicht, um ihn umzubringen!«, stellte Jan klar und fing an zu weinen. »Ich dachte, er wird dadurch nur einfach ein bisschen benommen und wehrt sich nicht mehr!«

»Ha!«, stieß Evelyn hervor. »Wehrt sich nicht mehr! Dann hattest du ja doch vor, ihn anzugreifen!«

»Nein, ich wollte ihn nicht angreifen! Ich wollte ihm nur …« Jan schniefte. »Ihm mal richtig die Meinung geigen! Ich wollte, dass er nicht anders kann, als mir zuzuhören!«

»Der hätte dir doch auch so zugehört«, schimpfte Andrea mit entnervter Stimme.

»Du weißt doch, wie Thorsten war!«, erwiderte Jan ärgerlich. Er hatte aufgehört zu weinen. »Ich bin ein Gewinner!«, stieß er verächtlich hervor. »Der hat doch nie irgendjemandem zugehört! Und Nicole schon gleich dreimal nicht. Das hat sie alles nicht verdient. Und dich hätte er nach kürzester Zeit genauso abserviert!«

»Nicole hätte er niemals abserviert«, stellte seine Mutter klar. »Außerdem wollte ich auch gar keine Beziehung mit ihm.«

»Sondern nur Sex«, sagte er, und seine Schultern sackten nach vorne.

Natürlich. Jan war zu Beginn des Krimidinners gemeinsam mit Nicole oben in der Wohnung gewesen, während alle anderen uns Showgirls vor der Haustür in Empfang genommen hatten! Er war alleine im Esszimmer, während Nicole in der Küche gewerkelt hatte und alle anderen vor der Haustür gestanden hatten, um uns Showgirls in Empfang zu nehmen. Ich erinnerte mich, dass ich ihn kurz am Fenster hatte stehen sehen. Er hatte also in aller Ruhe die Lachs-Spinat-Rolle präparieren können. Auch war es für ihn ein Leichtes gewesen, das falsche Rollenheft auf Thorstens Platz zu legen, ohne dass dies jemand bemerkt hatte. So wie Nicole in der Küche im Stress gewesen war, hatte sie natürlich nichts mitgekriegt. Ich strich das falsche Rollenheft am Boden wieder glatt und las laut die Stelle vor, die uns Thorsten damals schon vorgelesen hatte.

Er hatte sich tatsächlich nur an die Rolle gehalten und keinen Vorwand gesucht, um die Tischrunde zu verlassen.

»Ihre Aufgabe für die erste Runde«, las ich den anderen vor. »Sie verlassen nun den Tisch und werden in den Keller des Hauses gehen. Warten Sie darauf, dass Sie von Ihren Mitspielern zurück an den Tisch geholt werden. Beim Durchqueren des Kellers bekommen Sie folgende Sachen mit: Das Showgirl Estelle nennt den Regisseur ›Häschen‹, hat sie etwa eine Beziehung mit ihm? Außerdem hören Sie auf dem Weg in den Keller, dass Lady Fauntleroy eigentlich auch ein grünes Kleid anziehen wollte, das jedoch unterlassen hat. Was hat das zu bedeuten? Nehmen Sie Ihr Textheft mit, und lassen Sie es nicht aus den Augen! STOPP.«

Beim Stopp hörte ich auf zu lesen.

»Aha! In den Keller gelotst! Das war ja von langer Hand geplant!«, brüllte Evelyn noch immer in ihrem Ermittlermodus. »Und vorher noch Nicole mit der Lachs-Rolle betäubt, damit sie nicht in Verdacht gerät! Hättest wohl nicht gedacht, dass sie die nicht isst …«

»Ich wollte gar nicht, dass die zweite Rolle jemand

isst«, jammerte Jan. »Die ist mir nur beim Präparieren auseinandergefallen und sah danach nicht mehr so gut aus … Ich hatte die doch extra in der Küche versteckt, damit sie nicht gegessen wird!«

»Aha!«, machte Evelyn weiter. »Dann aber mal raus mit der Sprache! Wie hast du ihn denn umgebracht?«

»Halt den Mund!«, empfahl Andrea ihrem Sohn eindringlich.

»Ruhe!«, schrie Evelyn weiter. »Oder wollt ihr erleben, wie ich ausraste!«

»Ich habe ihm gesagt, er soll die Finger von anderen Frauen lassen«, schniefte Jan. »Und dass er sich um Nicole kümmern soll. Sie nicht so mies behandeln. Schließlich war sie schwanger!«

Seine Mutter schüttelte ungläubig den Kopf. »Was geht dich denn die Nicole an? Du kennst überhaupt nicht seine Seite, sie hat absichtlich nicht verhütet, um schwanger zu werden und ihn so unter Druck zu setzen. Ist das etwa fair?«

»Klappe!«, brüllte Evelyn weiter. »Hände an die Wand! Und weiter im Text! Was war mit Thorsten im Keller?«

»Sollten wir jetzt nicht die Polizei informieren?«, fragte ich vorsichtig, doch Evelyn beachtete mich nicht.

»Er hat mich nur ausgelacht. Wie immer, wenn ihm jemand widersprochen hat.« Jan zeigte mit seinem Zeigefinger auf seine Mutter. »Dir war das doch auch alles komplett egal. Du hättest ihm auch sagen können, dass er Nicole anständig behandeln soll!«

Andrea antwortete nicht.

»Und da hab ich ihm halt einen Stoß versetzt. Nur einen leichten!«, verteidigte sich Jan. »Er hat mich mit seinem dummen Geschwätz richtig ärgerlich gemacht.«

»Thorsten hat kein dummes Geschwätz …«, wandte Andrea ein.

»… dass ich der gleiche Loser sei wie mein Vater, der nicht einmal einen Job … ich konnte doch nicht wissen, dass er von so einem kleinen Rempler gleich umfällt!«

»Aha«, machte Evelyn zufrieden.

»Aber da war anscheinend eine Stufe …«

Richtig, die Stufe in den Heizungskeller, über die ich auch schon so oft gestolpert war. Und jemand, der eine zu große Dosis Tavor mit Alkohol abgekriegt hatte, verfügte bestimmt nicht mehr über die besten Reflexe.

»Und er ist rückwärtsgestolpert und … liegen geblieben …«

Und hat sich dabei das Genick gebrochen. Mein Schädel wirkte plötzlich so, als würde er platzen.

Wir hörten draußen Sirenen näher kommen, und bald darauf blinkte Blaulicht vor der Rezeption.

»Der Fall ist gelöst«, sagte Evelyn und senkte endlich ihre Waffe.

Johanna begann euphorisch zu klatschen, mit leuchtend roten Bäckchen rief sie: »Bravo, einfach großartig! Auf diese Auflösung wäre ich nie gekommen!«

Ich auch nicht. Aber das Bedürfnis nach Applaus hatte ich gar nicht. Ich hätte jetzt dringend meine alte Tiefkühlerbsenpackung gebraucht, um sie mir aufs Hirn zu pressen.

»Wie ist der Film geworden?«, fragte Evelyn.

»Welcher Film?«, fragte ich irritiert, während Johanna einen Schritt nach vorne machte und Evelyn ihr Handy reichte.

»Das war total großartig, ich bin so froh, dass ich beim Abschluss des Krimidinners live dabei sein durfte!«, jauchzte Johanna begeistert.

»Wir wollten eigentlich nur die Pralinen vorbeibringen«, stellte Hildegard klar. »Als kleinen Dank. Wir wollten uns auf gar keinen Fall in irgendetwas einmischen.«

»Aber es war trotzdem so wunderbar«, hauchte Johanna. »Das war das Schönste, das mir in meinem Leben passiert ist!«

In meinem Kopf explodierten die Kopfschmerzen, wohl weil mein Gehirn den ganzen Quatsch, den es sich gerade anhören musste, nicht aushielt. Glücklicherweise stürmten da der Brunner und der Bauer in unsere Rezeption, um zwei Festnahmen zu tätigen.

»Woher wussten die das jetzt?«, fragte ich, als Andrea und Jan abgeführt wurden.

»Die habe ich natürlich vorher informiert«, gab Evelyn zu. »Das mit den Festnahmen ist nicht so mein Ding. Ich habe ja überhaupt keine Handschellen.«

Johanna und Evelyn beugten sich über das Handy, während Hildegard mir vorschlug, mich an ihrem Gehwagerl hochzuziehen.

»Das wirst du nicht online stellen!«, schrie ich geradezu mit aller mir verbleibenden Kraft, als sich Johanna und Evelyn begeistert das Video reinzogen. Anscheinend hatte Johanna bis jetzt nicht kapiert, dass das keine Theatervorstellung war.

»Schade«, meinte Evelyn, während ich aus dem Handy Evelyns *Hände in den Nacken!* hörte. »Das ist echt ein richtig schönes Video geworden. Meine Hose wirkt da auch superstylisch.«

»Du spinnst einfach total«, sagte ich matt, während ich auf dem Boden sitzen blieb und mir die Schläfen rieb.

»Das Rot von meinen Haaren kommt echt gut rüber«, stellte sie zufrieden fest. »Und die Waffe sieht cool aus.«

»Erschieß mich bloß nicht«, bat ich sie.

»Das ist doch eine Spielzeugwaffe«, erklärte sie und grinste nun doch.

»Sieht ziemlich echt aus«, meinte ich, obwohl das bei genauerer Betrachtung nicht so war.

»Hab ich mal für Fasching gekauft«, erklärte sie.

Als ich es endlich geschafft hatte, mich am Gehwagerl hochzuziehen, wurde mir sehr schnell richtig schlecht, als wäre meinem Körper gerade erst aufgefallen, dass er dem Tod von der Schippe gesprungen war.

Kapitel 18

Die nächsten Tage waren dann endlich so, wie ich es mir vorgestellt hatte. Zart überzuckerte Winterlandschaft und ganz viel Kuschelei mit Jonas auf dem Sofa – mit Fernsehglotzen und Essen. Nachdem Andrea und Jürgen abgefahren waren, konnte ich auch endlich richtig durchatmen: Seltsamerweise wirkten die beiden plötzlich so, als hätte sich ihre Beziehung durch die Sorge um ihren Sohn wieder gebessert. Jürgen trat viel bestimmter und selbstbewusster auf. Ich hoffte sehr, dass Jan aus der Sache gut rauskommen würde, so als richtigen Mörder konnte ich ihn nicht ansehen.

Und dann kam auch endlich die lang ersehnte Nachricht aus dem hohen Norden! Während ich mich in die Arme von Jonas kuschelte, zeigte ich ihm auf meinem Handy ein Bild, das Klara geschickt hatte. Überglücklich, stand nur drunter, und ich sagte: »Ooooh!«, und auch Jonas grinste, als er das rote kleine Babygesichtchen sah.

»Babys sind schon süß«, sagte ich und gab Jonas einen längeren Kuss. Denn ein bisschen stimmte mich das Bild auch traurig, weil ich daran denken musste, wie es

Nicole jetzt wohl ging. Schwanger und ohne ihren Mann.

»Hm«, machte Jonas mit sehr entspannter Miene.

Nachdem wir die Babyfotos gebührend bewundert hatten, sah ich mir das letzte Posting von Evelyn an. Tatsächlich hatte sie sich an meine Empfehlung gehalten, und das Video war auch nach mehreren Tagen noch nicht online. Soviel ich wusste, hatte sie es nur der Polizei zur Verfügung gestellt. Die durften das zwar auch nicht verwenden, aber immerhin konnte man darauf sehen, dass Evelyn eigentlich bei der Polizei anfangen sollte! Jonas war richtig wütend auf Evelyn und mich gewesen und inzwischen auch schon wieder so weit genesen, dass er mit mir hatte schimpfen können.

Glücklicherweise war Evelyn nun komplett umgeschwenkt auf ihr neuestes Krimidinner-Event, diesmal im Weihnachtsmodus, das war für meine Beziehung mit Jonas tatsächlich Balsam.

»Glögg, schwedischer Glühwein, hat eine lange Tradition. Der schwedische König Gustav Vasa hat seinen Wein mit Gewürzen verfeinert. #Weihnachtscocktail #schwedischer #Himbeerglögg.«

Sie hatte in ein Glas gefilmt, in dem große, appetitliche Orangenscheiben schwammen, und die Aufnahme schwenkte nun zu einer ganzen Reihe Gläser, die alle mit einer Orangenscheibe und einem Anisstern am Rand dekoriert waren. Eine lange Zimtstange fungierte als Löffel. Der Menge an Gläsern nach zu schließen, würde kein Campinggast am Ende des Tages nüchtern ins Bett gehen!

»Swipe up für das Rezept«, hatte sie geschrieben, und ich wischte ausnahmsweise mal nach oben, weil sich Evelyn das immer wünschte, dass ihre Fans das taten.

»Jetzt weißt du, was dich heute Abend erwartet«, erklärte ich Jonas, der es aufgegeben hatte, böse auf mich zu sein.

Jonas sah sich nämlich eben auch die Story von Evelyn an. »Spiele ich diesmal den Frauenschwarm?«, wollte er wissen und fügte etwas eifersüchtig hinzu: »Doch wohl nicht Alex?«

»Wir spielen diesmal doch ein anderes Krimidinner. Das haben wir vom Verlag geschenkt bekommen. Denn seit Evelyn ihre Story gemacht hat, ist das Zwanzigerjahre-Gatsby-Krimidinner der totale Verkaufsschlager«, erzählte ich. »Evelyn ist unglaublich glücklich, sie hat jetzt sogar eine Kooperation mit dem Verlag und kann so viel Krimidinners haben, wie sie will. Der Verlag möchte, dass Evelyn …«

»… lass mich raten, dass wir ständig Vorstellungen geben …«, ergänzte Jonas mit finsterer Miene. »Also, wenn du denkst, dass ich da mitmache, dann hast du dich …«

»Nein, natürlich nicht!«, beeilte ich mich zu versprechen. »Das kommt natürlich auf gar keinen Fall infrage.«

Das war ein bisschen geflunkert, weil in Wirklichkeit hatten sowohl Evelyn als auch ich ein bisschen darüber nachgedacht. Denn es hatte natürlich schon auch Spaß gemacht, die begeisterten Reaktionen der Fans mitzubekommen.

»Aber, weißt du, das wäre auf jeden Fall ein tolles Spezial-Winterangebot, um Evelyns Café auch bei schlecht besuchtem Campingplatz am Laufen zu halten.«

Krimidinners im Café Fräulein Schmitts! Nicht auszuschließen, dass sich das auch auf die Belegung des Campingplatzes auswirkte.

»Dann kommen vielleicht auch im Winter Leute, die

hier ihren Weihnachtsurlaub oder Silvester verbringen wollen.«

Ob ich das wirklich wollte, wusste ich noch nicht ganz. Eigentlich war es auch mal schön, keine Gäste auf dem Campingplatz zu haben. Aber Evelyn hatte zu Recht darauf hingewiesen, dass die Pause von Oktober bis April doch sehr lang war.

»Und heute?«, fragte Jonas misstrauisch, der meine Flunkerei natürlich längst durchschaut hatte. »Bin ich Teil dieser Story?«

Ein bisschen ja schon, dachte ich mir, aber ich beeilte mich zu versichern: »Nein, da kommt extra jemand, ein Profi. Der filmt uns und schneidet es dann so zusammen, dass alle, die nicht im Internet gesehen werden wollen, nicht sichtbar sind. Du kannst dich da auch vergewissern und das Video vorher anschauen. Das ist zum Beispiel dem Schmidkunz auch wichtig – weil wie steht er dann in seiner Apotheke da, wenn er Hauptdarsteller in Krimidinners ist! Und dem Felix Fellner erst!«

»Felix Fellner?«, fragte Jonas und klang ziemlich alarmiert. Ich tätschelte ihm beruhigend den Arm.

»Kommt der etwa auch?« Die Miene von Jonas wurde noch eine Spur finsterer.

»Immerhin war er wegen mir im Krankenhaus!«, versuchte ich zu erklären, »und da war es selbstverständlich, jetzt, wo er genesen ist, dass er eine wichtige Rolle bekommt …«

»Als Mörder«, schlug Jonas vor und musste nun doch lächeln.

Wenn schon Kollegen am Platz, dann wenigstens mit einer saublöden Rolle!

»Nein, er ist kein Teilnehmer vom Krimidinner, aber es gibt doch ein Rahmenprogramm …«

Jonas wirkte schon wieder alarmiert.

»Also, es wird einen Tanzkurs geben …«

»Tanzkurs«, echote Jonas, und ich überlegte mir, was ich ihm alles verraten konnte, ohne ihn abzuschrecken.

»Ja, das wird doch ein richtiges Event. Mit verschiedenen Aktionen. Den Charleston-Tanzkurs leitet der Felix. Er ist doch Trainer für Lindy Hop und Charleston. Vroni fiebert dem Ganzen schon so entgegen, da konnte ich einfach nicht Nein sagen!«

Hatte Jonas eben »Ich fasse es nicht« gemurmelt?

»Du ziehst am besten deinen schicken Anzug an«, schlug ich vor und fing zu kichern an, weil Jonas mich durchzukitzeln begann. »Und die Schuhe mit den …« Ich kreischte vor Lachen. »Mit den glatten Sohlen, damit du besser … twisten kannst …«

Wir lachten jetzt beide, ich, weil ich so kitzelig war, und er, weil mein Lachen unglaublich ansteckend sein musste. Als wir erschöpft auf dem Sofa liegen blieben – Jonas hatte echt keine Kondition im Moment – verriet ich ihm das ganze Programm. »Es gibt auch noch ein Zwanzigerjahre-Hair-Tutorial. Und eins für Make-up«, köderte ich ihn. »Das wird total lustig.«

»Okay, ich nehme das Hair Tutorial«, grinste Jonas, nun doch wieder bester Laune. Ich wuschelte ihm durch die relativ kurzen Haare.

»Du kannst aber auch die sogenannte Etikette-Klasse besuchen, bevor du mit mir dann Charleston übst. Da kannst du heute Abend richtig was lernen! Und sobald wir den Mörder haben, wird der Brunner vorbeikommen, mit frisch gebügelter Uniform, und wird ihn festnehmen.«

Das war die Bedingung der Schmidkunz gewesen. Möglichst viel polizeilicher Begleitschutz.

»Ich wusste gar nicht, wie öde mein Leben vor meiner Beziehung mit dir war«, tat Jonas grummelig, obwohl er sich ein Grinsen verkniff. Seine Hände rutschten unter mein T-Shirt.

Als wir später aufgehübscht ins Café traten, wurden wir mit großem Helau begrüßt.

Auch Alex war wieder gesund und machte richtig was her in seinem Anzug. Unter der finsteren Miene von Jonas wirbelte er mich in meinem Flatter-Charleston-Kostüm herum. Hinter uns kam Felix Fellner herein, auch sehr schick im Anzug, und Vroni quietschte vor Vergnügen, als er sie zu seiner Tanzdame erkor.

Evelyn war wie immer geschäftig im Einsatz und verteilte Cocktails. Der Mann mit der Filmkamera hielt sich dezent im Hintergrund, und nach einer Weile vergaß ich einfach, dass er da war.

»Miss Marple's Desaster«, rief Evelyn, als sie auf einen Stuhl geklettert war.

Wir lachten alle und klatschten. Dass sich Evelyn das Krimidinner mit genau diesem Titel auserkoren hatte, war natürlich eine Spitze gegen Johanna. Die stand mit ihrer Großmutter Hildegard hinter der Bar und mixte Cocktails. Sie hatte ganz rote Bäckchen vor Aufregung, Seite an Seite mit ihrer Top-Influencerin Evelyn arbeiten zu dürfen. Johanna hatte uns später mit hochrotem Kopf noch gestanden, dass sie tatsächlich bis zum Schluss nicht verstanden hatte, dass das keine groß angelegte Marketingaktion war. Sonst hätte sie natürlich nie ihre Großmutter so in Gefahr gebracht, Auge in Auge mit einem Mörder.

Ich behielt für mich, dass ihre Großmutter mit Mördern viel besser umzugehen wusste als irgendjemand von uns. Und sie ihre Großmutter besser nicht aus dem Haus lassen sollte!

»Wir haben ja früher auch immer getanzt«, sagte Hildegard so dicht an meinem Ohr, dass ich erschrak. »Aber Walzer. Wiener Walzer. Das war wirklich sehr schön. Dieser Charleston war ja damals überhaupt nicht in Mode!«

Ich schlenderte mit Jonas zum Vorspeisenbuffet und ließ meinen Blick darübergleiten.

»Wahnsinn«, sagte selbst Jonas.

Man konnte sich von den kalten zu den warmen Vorspeisen vorarbeiten, und ich staunte über Mango-Mozzarella auf Feldsalat, die gefüllte Feige auf Rote-Beete-Carpaccio, den wunderschön dekorierten Caprese im Glas mit einzelnen Rucolablättchen und die Lachspralinen auf Dill-Frischkäse. Direkt daneben standen gefüllte Roastbeef-Röllchen auf Feldsalat mit Johannisbeergelee. Natürlich durfte auch ein Süppchen nicht fehlen, sehr wichtig für die Hetzeneggers, und ich staunte über die Croutons in Sternchenform.

»Hast du dir das mit der Scheidung überlegt?«, fragte Jonas an meinem Ohr.

»Ich hab gegoogelt, wie man das macht«, erzählte ich ihm und behauptete: »Und danach habe ich den Mörder in unserem Keller gestellt und habe einen Schlag auf den Kopf gekriegt.«

»Genau deswegen will ich, dass du dich scheiden lässt«, verriet mir Jonas.

»Weswegen? Damit ich keine Mörder mehr fange?«, wollte ich wissen.

»Nein, damit ich dich nach so einer misslungenen Mörderjagd noch am Sterbebett komplikationslos heiraten kann«, erklärte er mir seine Gedankengänge und bekam von mir gleich einen Knuff in den Bauch.

»So ein Krimidinner ist doch gar nicht so schlecht«, sagte ich zufrieden, während mir Alex den Arm um die Taille legte und über Evelyns Himbeerglögg staunte, den sie uns in die Hand drückte. Jonas bekam etwas schmale Augen. Ich lächelte ihn an.

»Ich bin ja so froh, dass du wieder so schaust«, sagte ich. »Das macht mich so richtig glücklich!«

»Na prima«, machte er genervt.

»Die letzten Tage ging's dir so schlecht, da hast du nie so geschaut«, verriet ich ihm. »Da hatte ich richtig Angst um dich. Dass du nie wieder gesund wirst. Aber jetzt, da siehst du aus, als würdest du mir gleich den Marsch blasen. Kann ja nur heißen, dass du auf dem Weg zur Besserung bist!«

Meine beiden Männer lachten über meine etwas verquere Logik.

Und auch wenn ich den Charleston-Tanzkurs mit Alex machen würde, weil Jonas doch noch nicht so fit war wie gedacht, spätestens in ein paar Tagen konnten wir unseren ganz privaten Tanzkurs im Wohnzimmer abhalten!

»Die Show beginnt!«, hörten wir Evelyn rufen, die Charleston-Musik setzte ein, und ein komplett veränderter Felix Fellner kam durch die Tür. Er hatte einen total schicken Smoking mit Kummerbund an und sah aus wie Leonardo DiCaprio als Great Gatsby persönlich! Davon, dass ihn Tavor-Tabletten niedergestreckt hatten, merkte man ihm nichts mehr an.

»Servieren Sie Ihren Gästen einen Mord zum Dinner!«, übertönte Evelyns Stimme die Musik, während sie in die Kamera sprach, ganz »Ich bin ein Gewinner«-mäßig. Dabei hob sie ihr Cocktailglas und stieß mit Fellner an. Ich war so stolz auf das, was Evelyn für uns hier vorbereitet hatte!

»Lasst uns anstoßen!«

Ermittlungsrelevante Lachs-Spinat-Rolle zum Krimidinner »Der Fluch des Great Gatsby«

(ohne Betäubungsmittel eine köstliche Angelegenheit)

Die Zutaten:

125 g Spinat
4 Eier
50 g geriebener Käse
250 g Räucherlachs
200 g Kräuterfrischkäse
Salz, Pfeffer und etwas Zitronensaft

Die Zubereitung:

Die Eier schaumig schlagen. Mit Spinat mischen und die Eiermasse salzen und pfeffern.

Ein Backblech mit Backpapier auslegen und die Masse darauf verteilen.

Den Reibkäse darüber streuen.

10 Minuten bei 200 Grad backen. Kalt werden lassen.

Mit dem Kräuterfrischkäse bestreuen, den Lachs darauf verteilen, mit Zitronensaft beträufeln. Das Ganze fest rollen und in Klarsichtfolie wickeln.

Mindestens fünf Stunden kühlen. Zum Servieren in beliebig dicke Scheiben schneiden.

Guten Appetit, und bleiben Sie gesund!